轻轻松松驾车

田志刚 编著

人民邮电出版社

北京

图书在版编目（ＣＩＰ）数据

轻轻松松驾车 / 田志刚编著.—北京：人民邮电出版社，2009.1
ISBN 978-7-115-19075-8

Ⅰ. 轻… Ⅱ. 田… Ⅲ. 汽车－驾驶术 Ⅳ.U471.1

中国版本图书馆CIP数据核字（2008）第167459号

内 容 提 要

本书的读者对象为正在学习驾驶的朋友和刚刚取得驾驶执照的新驾驶员朋友。

本书以全新的思路和通俗易懂的介绍方法，结合老驾驶员多年积累的丰富驾驶经验，以"了解—学习—提高—熟练应用"为主线，向读者讲述从驾校学习到在各种道路上、各种天气状况下及不同时间段驾驶车辆时经常遇到的各种问题，讲解相应的处理方法和技巧，并对出现频次较高的问题进行重点分析。本书内容涉及基本操作、驾驶员考试、驾驶知识、应急处理、路上安全等多方面信息，深入浅出，形象生动。

轻轻松松驾车

◆ 编　　著　田志刚

　　责任编辑　毕　颖

◆ 人民邮电出版社出版发行　　北京市崇文区夕照寺街 14 号
　　邮编　100061　　电子函件　315@ptpress.com.cn
　　网址　http://www.ptpress.com.cn
　　北京精彩雅恒印刷有限公司印刷

◆ 开本：880×1230　1/32
　　印张：6.5
　　字数：152 千字　　　　　　2009 年 1 月第 1 版
　　印数：1– 4 000 册　　　　　2009 年 1 月北京第 1 次印刷

ISBN 978-7-115-19075-8/U

定价：28.00 元

读者服务热线：(010)67120142　印装质量热线：(010)67129223
反盗版热线：(010)67171154

前言

新驾驶员虽然通过在驾校的学习学到了一定的基础知识和驾车技能，但在教练场学习的知识和实际上路行驶所应具备的技能相比还有很大差别。可以说，"新手"和"高手"虽然只有一字的不同，但其中的差距之大是不言而喻的。

毋庸置疑，成为一名真正的驾车高手，不但可以让自身和乘车的家人、朋友更加安全、快捷地出行，还能为驾驶员本人带来无穷的驾驶乐趣和极大的成就感。

如何更加迅速地成为驾车高手？更多时间的上路驾驶固然可以积累丰富的路况处理经验，也可以在一定程度上掌握更高的驾车技巧，但从量变到质变往往需要太长的时间。本书正是为缩短驾驶员朋友从新手到高手的质变过程而编写的。希望每一位驾驶员朋友都能体验驾驶的快乐，并且快乐地驾驶。

本书的编写得到张永乐、彭秀苇、李建明、曹爱丽、陈海琴、牛航宇、吴春辉、姜玉冰、赵继春等的大力协助，在此一并表示感谢。

编　者

目录 轻轻松松驾车

..........CONTENTS

目录 CONTENTS

QING QING SONG SONG JIA CHE

驾驶的基本要领

1

轻轻松松驾车

第一章 驾驶的基本要领

上下车与坐姿

■基本要求

●上下车时手和脚的动作要领

驾驶员上车前，先巡视四周，确认安全后，用左手打开左前车门，将左手换到车门内侧的把手上，身体左转，右手握于转向盘右侧，右脚置于车

安全确认

明确汽车周围无人和障碍物

内，放在油门踏板的后方，身体随着进入车内，收回左脚，放在离合器踏板后方，左手带上车门。

驾驶员下车时，观察左侧和后方，确认安全后，迅速下车。

●让自己深陷在座椅中的坐姿

驾驶员坐进驾驶座之后，首先应该深深地坐在座椅后部，使腰部和肩部靠在椅背上，感受一下座椅的前后距离和靠背角度是否合适，然后把手臂伸向前方，自然握住转向盘的两侧。这时，应使手腕能自由地弯曲，活动自由。腿部要有一定的活动空间，用脚踩离合器踏板、制动踏板或油门时不费力，而且身体不必前倾，此时的位置就基本合适了。如果不合适，可以前后滑动一下座椅的位置，或调整一下椅背倾斜的角度，使之达到上述要求。

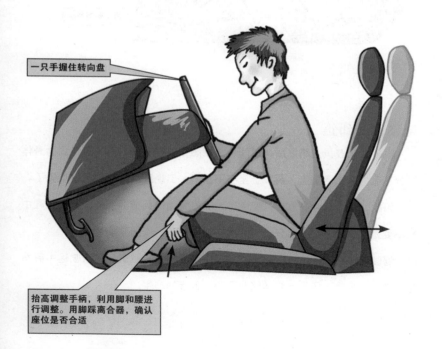

一只手握住转向盘

抬高调整手柄，利用脚和腰进行调整。用脚踩离合器，确认座位是否合适

将头枕调整到合适的位置（头枕是为了保护颈部的，调到能支撑自己头部的高度为合适）

使后背轻轻接触

抬高调整手柄

■错误与纠正

很多新驾驶员上路之后，时间一久就感到腰酸背痛。这主要是因为身体过分紧张导致全身僵直，再加上坐姿不正确，出现腰酸背痛就在所难免了。

因此，驾驶时全身放松是避免出现腰酸背痛的关键。另外，行车过程中也不要始终保持一个姿势开车，要适当调整坐姿，以消除疲劳。

驾驶员在调整好坐姿之后，千万记住系好安全带，避免在行驶途中突然想起未系安全带，导致紧张情绪和不安全因素的产生。

驾车时的视觉特点

驾驶汽车前进时，驾驶员的视线会移到车前较远的地方，速度越快，视线前移的距离越远，这时，近物会显得模糊。随着车速的提高，行车视野会进一步变窄，驾驶员对道路两侧情况来不及看清，感觉就像在隧道内行驶一样。这也是许多新驾驶员驾车时感到紧张的原因之一。

另一方面，驾驶员坐在车里视野有限，单凭肉眼通常只能看清前方的情况，对于左、右和后方的情况只能借助车内后视镜和两个车外后视镜了。

■容易犯的错误和纠正方法

●目视范围过窄

刚刚坐在驾驶座上的新驾驶员，最容易犯的错误就是两眼紧盯着前方，却忽略了左、右、后、上和下5个方位。

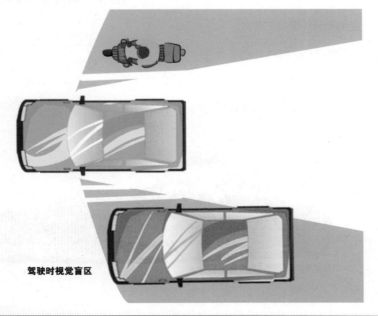

驾驶时视觉盲区

●纠正方法

首先，驾驶员要放松心情，控制好方向，将紧盯着前方的目光放宽一些，用眼睛的余光分别观察3个后视镜、路面及车辆前上方，保证视野能顾及前、后、左、右、上、下等各个方位。

其次，驾驶员对前方观察要尽可能远，从路的最左到最右，包括对面来车、路边的停车、行人和路口里正要转出的车辆；后方观察要靠车内、左和右3个后视镜，以看到后方所有车道上的来车，并能判断其与自己车辆的距离，以及后面车辆的速度；往上看要看到路牌和信号灯；往下看要看到路面标志线和路面障碍。

■练好眼神的诀窍

●控制好车速

驾驶员在扩大视野的同时，注意车速不宜过快，要在保证安全的前提下逐步扩大观察的范围。

●注意观察后方路况

车辆并线或超车前，驾驶员要经常探视后视镜，避免视觉盲区的影响，随时掌握汽车后面的情况。

汽车的死角

没人吧！

当驾驶姿势改变时，死角也会不同

●学会"走马观花"

驾驶员开车长时间凝视一个物体很危险，因此要注意自己的目光移动范围，不要太专注于某辆车或其他事物，注意在"浏览"中及时发现那些与自己行车有关的路况信息。

座椅、后视镜和安全带

■座椅的调整

●前后移动

座椅的前后移动可以让驾驶员的腿部有合适的活动空间。驾驶员可以扳动座椅前下方（也有在外侧下方的）的调整杆，借助身体的力量带动座椅前后滑动。

正确驾驶姿势

膝盖微弯曲，能够轻松自如地踩踏踏板

肘部微弯曲

坐到座位上，伸直腰，后背正好轻靠在靠背上

轻轻松松驾车

●靠背角度

　　靠背角度的调整可以让驾驶员保持合适的视角。通过座椅外侧的调整旋钮，可以调整靠背的倾角，一般以身体正常坐端正后，靠背能轻微贴在腰、背部为宜。

错误驾驶姿势

离转向盘过近

离转向盘过远

■后视镜的调整

调整车辆左右两侧后视镜的视角，在左侧后视镜里，车后道路约占镜面的2/3比较合适；在右侧后视镜里，车后道路约占镜面的3/4比较合适。

夜间行车时，为防止后车灯光炫目，可以调节车内后视镜下方的调节钮，使其处于防炫位置。

内后视镜的调整

用右手调整

手不要接触镜表面

保持正确姿势

手握转向盘

面向正前方，转动眼睛就能看到

外后视镜的调整

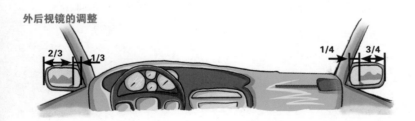

■安全带的使用

●安全带的检查

完好的安全带，当用手缓慢下拉时，能顺利地拉出。如果猛力往前拉出，应拉不动，否则为安全带失效。

安全带的摘法

左手拿安全带

右手扣下扣钮

● 锁上安全带

驾驶员在使用安全带时，用手拉着安全带锁舌一头，从身前经过，把锁舌插入座位另一侧的锁座内；松开安全带时，按下锁座上的按钮，解开安全带，用手送回，不要任其自动弹回。

● 与生命攸关的安全带

北京的一家合资公司刚刚结束在天津的一次商业谈判后，驾驶员赵某驾驶着公司的道奇面包车，拉着3名中方工作人员和1名外方经理，顺着京津塘高速公路驶回北京。

外方经理觉得车上的人有些疲倦，想听听收音机提提神儿，驾驶员赵某便低头用右手去开收音机。但当他再抬起头时，自己的车已经冲到了前边一辆大货车的跟前。他猛地向左打了一把轮儿，大货车算是躲过去了，可面包车由于速度太快，左前角一下子就撞到了中心隔离护栏上。紧接着，巨大的冲击力，使面包车又向右侧路边冲过去，撞断路边的护栏后，又翻了3个滚儿，一头栽到了七八米深的沟里。

据赵某事后回忆说："汽车在连续翻滚过程中，前后左右的玻璃全碎了，车门也撞开了，我和另外3名中方工作人员都被甩了出来，当场造成1人死亡，2人重伤，自己虽说伤得不算太重，但感觉天晕地转，想爬也爬不起来。而出事后仅几秒钟，外方经理就从四轮朝天的车里爬了出来，他却毫发未伤。后来，我才恍然大悟，上车时外方经理自觉地系上了安全带。"

安全带的系法

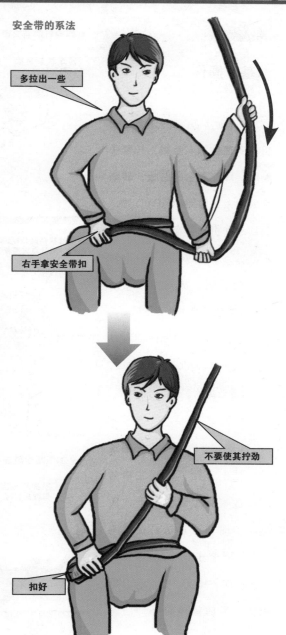

多拉出一些

右手拿安全带扣

不要使其拧劲

扣好

起步

■基本操作

●启动发动机

汽车起步前，首先启动发动机。变速挡调入空挡，拉紧手制动，踩下离合器踏板，转动点火开关钥匙到START位置，听到启动机的声音，即可启动发动机。发动机启动后，应立即放松钥匙，放松离合器踏板，观察仪表操作是否正常。

发动机每次启动时间不宜超过5s；启动失败后，应在15s后重新操作。

●起步

车辆起步时踩下离合器踏板，挂上一挡，打开左转向灯，按喇叭（驾校规则，实际行车时要注意是否在禁鸣区），释放驻车制动，观察后视镜和前方情况，抬起离合器踏板，同时缓慢踩下油门踏板，平稳起步。

▼ 发动机的点火顺序

确定驻车制动杆是否拉起

将发动机钥匙转到START位置，停顿几秒钟，确认点火后松开即可

确认发动机点火

▼ 加速踏板踏法

以脚跟为支点，用脚掌轻踩

■平稳起步的要领

要做到平稳起步，可以牢记下面的要领：

左脚抬半听声音，音变车抖稍停顿，右脚平稳踏油门，左脚慢抬车前进。

■新手难题

驾驶员在操作车辆起步时，油离配合的各种问题与解决方法如表1-1所示。

表1-1 油离配合的各种问题与解决方法

常见问题	原因	最佳解决方法
起步熄火	油门踏板踩得不够，离合器踏板抬得太快	慢慢地抬起离合器踏板，随即适当踏下油门踏板
车身抖动	离合器踏板抬得过快，油门踏板踩得幅度太小	抬起离合器踏板的同时注意保证逐渐踏下油门踏板
顿车	离合器踏板抬得过快	抬起离合器踏板时要缓慢进行
离合器分离不清	对离合器踏板操作不熟练，习惯性地踩踏离合器踏板，造成离合器长期处于半离合状态，加速离合器的损坏	在不需要踩离合器踏板时，不要把脚一直放在离合器踏板上，以防止离合器分离不清

操作转向盘

■正确握住转向盘

除特殊情况外，驾驶员要用两手握住转向盘，拇指向上自然伸直，其余四指由外向里握住轮缘，不要紧握，而是轻轻握住外缘。如果将转向盘看作时钟的话，双手的位置要放在钟表的10时、4时位，或9时、3时位，手肘微弯。

▼ 手握转向盘的位置

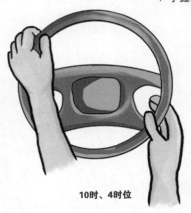

10时、4时位

9时、3时位

■正确操作转向盘

转向盘的操作方法如表1-2所示。

表1-2 转向盘的操作方法

基本方法	适用范围	操作方式
推拉法	直线行驶时修正方向	操作时以左手为主，右手为辅，少打少回，保证直线行驶
传递法	一般缓弯	先拉动，后回收。右转弯时，右手下拉到转向盘下方，左手同时下滑至适当位置，接替右手向上推动，回方向或左转弯时动作相反
交叉法	急转弯，掉头	向左转时右手推，左手拉，然后左手松开转向盘，移到右上方下拉转向盘，右手在下方继续上推，回方向或向右转时动作相反

操作转向盘时，应该依据车速快慢而有不同程度的转向幅度，车速越高，转向盘的转动幅度要越小。

▼转动转向盘的手法

转动转向盘（向右转）

从右手开始，左手为主用力开始转(转动转向盘也称"切"转向盘)

用拇指控制转向盘

轻握转向盘，不能用力过大

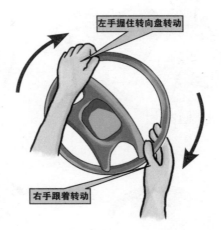

左手握住转向盘转动

以左手为主继续转动

右手跟着转动

另外转向盘有自动回正功能，在快速回转时可放松手掌让转向盘自行快速回正，但并不是任由它自行旋转，双手仍需扶着转向盘保持随时可以控制的状态。

轻轻松松驾车

■错误与纠正

●双手紧握转向盘

这样的操作会造成手部大量出汗，影响动作准确程度，而且在换挡时还容易产生非正常打转向盘的情况，埋下事故隐患。

●掏轮

有些新驾驶员在汽车掉头或大转弯时，把手伸进转向盘内侧打方向，这就是俗话说的"掏轮"。这样打方向看似省劲，但遇到紧急情况时，手不能及时抽回来做应急处理，遇上前轮方向突变，极易伤及手臂。

▼ 转动转向盘的手法

左手转动转向盘（然后右手握住左上方，左手松开）

转向盘的转动方法

左手转动转向盘

右手握住左上方

右手转动转向盘（左手换位置，回原位）

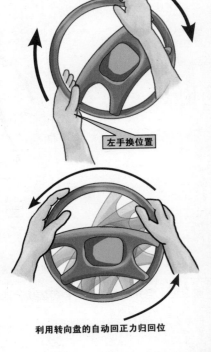

右手继续转动转向盘

左手换位置

与向右转动转向盘相反的顺序回位

利用转向盘的自动回正力归回位

制动

制动分为踏板制动和发动机制动。

■制动的基本要领

●踏板制动

驾驶员要轻踩制动踏板，逐渐适当加力，不要完全踩死。待车辆基本停稳后，立即放松制动踏板再轻轻压下，将车完全停住。

●发动机制动

利用发动机制动车辆时，驾驶员抬起油门踏板，但不踩下离合器踏板，也不摘挡，利用发动机的内摩擦力及进排气阻力对驱动轮形成制动作用。发动机制动是降低油耗，减少制动给轮胎造成的磨损，且相对安全系数远远高于踏板制动的老练手段。

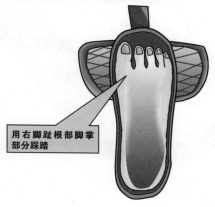

▼ 制动踏板

用右脚趾根部的脚掌踩踏制动踏板

用右脚趾根部脚掌部分踩踏

轻轻松松驾车

■技巧与提高

●保持必要的制动距离

前面车制动灯一亮，驾驶员的右脚一定要放到制动踏板上，采取同步制动，并利用后视镜迅速观察后方、侧面车道的车辆(这对防止追尾非常重要)。不要认为距离还远不采取措施，因为有时驾驶员觉得危险时再制动就已经来不及了。

●不要一脚将车刹住

除非是紧急情况，不管驾驶员的车速有多缓慢，只要是在行驶中，驾驶员就尽可能不要采用一脚急刹。

紧急制动往往会引发追尾事故，并且对轮胎造成异常磨损。试验表明，以中等车速在正常路面上的一次紧急制动，轮胎胎面局部磨损量可达0.91~1.20mm，相当于汽车正常行驶3 000km的磨损量。

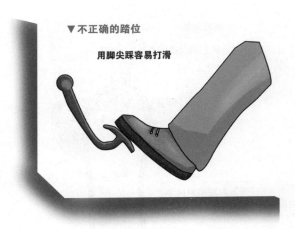

▼不正确的踏位

用脚尖踩容易打滑

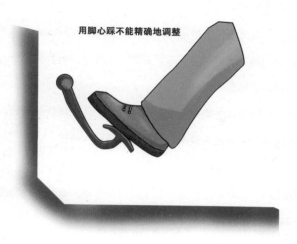

用脚心踩不能精确地调整

●不要在停车后仍紧踩制动踏板

车停稳后，应拉起驻车制动并松开制动踏板，不要养成紧踩制动踏板的坏习惯。因为，制动尾灯的功率较普通行驶尾灯要大数倍，常亮发热容易烧毁，且红色光线特别刺眼，会影响后方驾驶员的视力。

换挡

■熟悉挡位

绝大多数新驾驶员初次上路所驾车型与学车时开的车型不同，因此对挡位很陌生。如果不花时间熟悉挡位，造成的直接后果就是开车时不知道自己挂入几挡，经常低头看变速杆，很容易因为精力分散造成交通事故。因此，上路前必须先熟悉挡位。

通常挡位的位置分配都会清晰地印在变速杆的手柄上，当驾驶员坐进自己不熟悉的车时，熟悉不同的挡位是第一步。可以采用以下步骤熟悉挡位。

●原地不启动车熟悉挡位

此时先看着变速杆手柄顶端的挡位示意图，将离合器踏板踩到底换挡，注意有无倒挡锁。在对挡位相对熟悉之后，将视线离开变速杆，使用正常行驶时的换挡方式熟悉挡位。

注意：原地换挡时如果挂不上挡，可以先踩下离合器踏板，然后放开，然后再次踩下离合器踏板换挡，一般会顺利挂入挡位。

●行进中熟悉挡位

车辆在空旷的地带或车流量很小的路面行驶，在行进中熟悉挡位。此时要坚持不看变速杆换挡，同时在换挡时要顺序加挡，并注意练习油离配合。

启动车时要牢记将变速杆置于空挡，在行驶时注意避让突然出现的行人、非机动车和机动车。

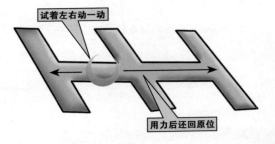

▼ **变速杆的操作方法**
确认是否为空挡

试着左右动一动

用力后还回原位

■把握换挡时机

换挡分为加挡和减挡，只要行车速度发生了变化，必要时就要及时换挡。

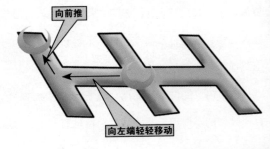

挂低挡的方法

向前推

向左端轻轻移动

●加挡的操作要领

平稳踩下油门踏板，进行冲车，当发动机达到加挡转速时，迅速放松油门踏板，踩下离合器踏板，将变速杆挂入空挡，随即挂入高一级挡位。

●加挡的时机

加挡时要以车速、发动机声音、转速的变化、动力的大小为依据，如果踩下油门踏板，发现发动机动力过大，转速一直上升，说明可以换入高一级挡位。如果换入高一级挡位，踩下油门踏板时，发现发动机转速下降，车速提不起来，说明加挡时机过早。

从一挡到二挡

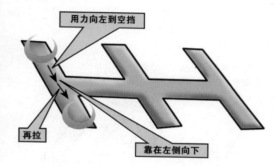

用力向左到空挡

再拉

靠在左侧向下

●减挡的操作要领

抬起油门踏板，踩下离合器踏板，将变速杆放入中挡，随即挂入低一级挡位，左脚慢慢抬起，右脚加油行驶。

●减挡的时机

当汽车速度减慢、动力不足、原挡位不能继续行驶时，须及时减挡。

从二挡到三挡

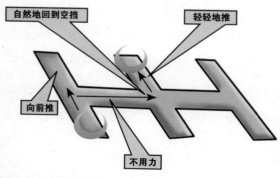

自然地回到空挡

轻轻地推

向前推

不用力

减挡要做到及时迅速。减挡后，动力不足、车发抖，说明减挡过晚或动作过慢。

从三挡到四挡

轻轻地拉到空挡位

再拉

■技巧与提高

很多新驾驶员不知道该什么时候换挡，经常会出现低挡位高转速的情况。正确的换挡应该是在汽车起步之后，随着发动机转速的增加，配合不同车速，换入相应挡位。

通常，当转速提高到一定程度时，发动机工作噪声就会增大，此时就

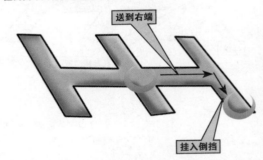

挂倒挡（只有在停车时才可以挂入）

送到右端

挂入倒挡

必须加挡，换挡的时机一般在发动机转速为2 500~3 000r/min（不同性能的发动机会有所不同，使用时要先阅读使用手册）。新驾驶员如果没有学会根据发动机声音变化换挡，可在保证安全的前提下观察一下转速表，感受在最佳换挡转速时发动机的声音特点。减速换挡原理相同，但应注意当车速过快时，先将车速降低到相应范围内，然后再进行换挡。

换挡操作要注意不能低下头看，这样很危险，也不要晃动变速杆。应握好转向盘，防止跑偏。

倒车

■倒车的基本要领

倒车方式有后视倒车法、侧视倒车法和注意后视镜倒车法3种。其中后视倒车法较为常用，方法是：左手操作转向盘，右臂放在靠背座椅上，从后窗中间注视后方，并注意前、后有无来车和行人，发出倒车信号，鸣喇叭（禁鸣区内除外），以警告其他车辆和行人。然后，在车身停稳的情况下将变速杆挂入倒挡。发现车辆偏斜，应及时修正方向。

倒车转弯时，由于存在内、外视距误差，因此在注意内后角的同时还要注意外前角，防止刮蹭路边障碍物。

■操作详解

倒车行驶要比前进驾驶困难些，主要是视线受到一定限制，不易看清车后道路和障碍情况，加之倒车时，后轮变为前导轮，前轮变为后跟轮，主观

倒车时的安全确认

啊！

下车确认

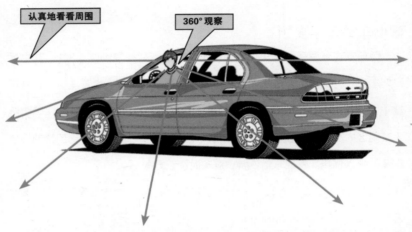

认真地看看周围

360°观察

感觉上发生差异，控制转向的位置也发生了一些变化。所以，倒车时的操作就会觉得没有前进时顺手、方便、灵活和准确。新驾驶员在倒车时一定要切记一个字 ——"慢"。

●看清车辆前后左右的情况

倒车前要观察车后和左右两侧的情况，根据观察到的情况和汽车的外廓及装载的宽度、高度预估倒车的可行性。要看清后再倒车。如果用看后视镜的方法倒车，应熟悉后视镜显示的景物与实际物体的差距。

●控制好车速

倒车时一定要控制车速，如果倒车环境乱，最好请其他人在车后进行指挥。倒车时，要稳踩油门踏板，时速不超过5km/h，不可忽快忽慢，防止熄火或因倒车过猛而造成危险。同时要不断通过后挡风玻璃和后视镜观察进展情况，并注意修正方向，防止车头和车尾发生刮蹭。

在下坡路段倒车时，有的人使用空挡倒车，这样做速度不容易控制，特别是在滑溜的坡路上，踩制动或离合器踏板时都会造成车体的侧滑或失控。

注视后窗倒车的驾驶姿势

为了比较容易看见车后全部
情况，以发现后面障碍物

左手握住转向盘的上部

比较大的侧身后视

注视侧方倒车的姿势

向左后方倒车时采用的姿势，容易确认是否垂直倒车

右手握转向盘

将头伸出

轻轻松松驾车

停车入位

■停车入位的基本方法

    停车入位是学习驾车过程中一个重要的环节，停车位所画格子的长度有可能不一样，但不管怎样变，一定要让车尾先入位才能顺利到位。先将车尾对准车位，然后根据车位大小，决定与左右车辆之间的并行距离。目测估算完成后，再开始倒车。当车体头尾完整停进车位中间时，注意是否过度突出，如果是，就要适当后退，但要注意后方不要碰撞障碍物，如下图所示。

确认间距　　　　　　　　　　　　　　　　　　　**转向盘回位**

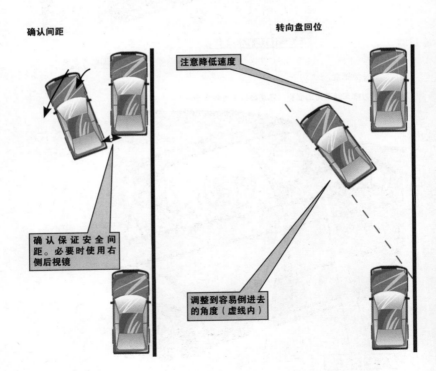

注意降低速度

确认保证安全间距。必要时使用右侧后视镜

调整到容易倒进去的角度（虚线内）

确认能够进入

结束

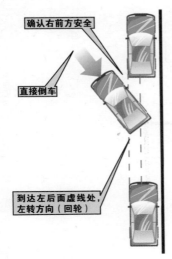

确认右前方安全

直接倒车

到达左后面虚线处，
左转方向（回轮）

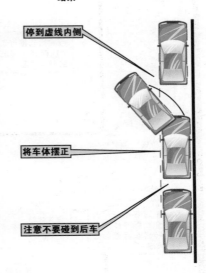

停到虚线内侧

将车体摆正

注意不要碰到后车

■错误与纠正

●车头先入位

有些新驾驶员为了图省事，往往将车直接驶入车位，这样做的直接后果就是车头朝向内侧，一旦离开时必须将车倒出车位，而车位外面相对来讲情况更加复杂，倒车本身就比正面驶离增加了危险因素。另外，一次驶入往往并不能将车停得平顺，车头朝里时修正起来会比较麻烦，大多需要前后来回几趟才可能平直停妥。

●转向盘转动幅度不足

多数停车不到位的新驾驶员犯了转向盘打得过小的通病，所以无论怎么来回调整，还是因无法满足停入所需的角度而出现停偏现象。

倒车

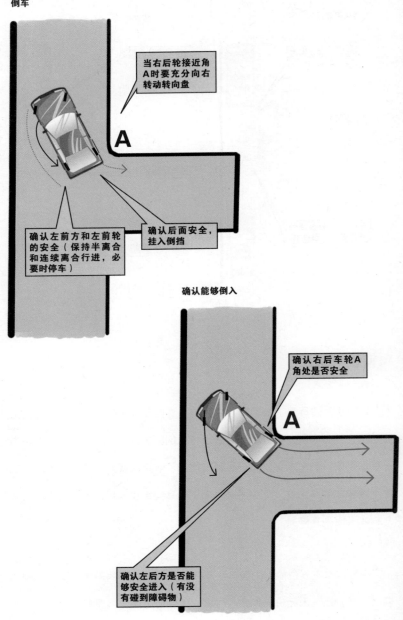

当右后轮接近角A时要充分向右转动转向盘

A

确认左前方和左前轮的安全（保持半离合和连续离合行进，必要时停车）

确认后面安全，挂入倒挡

确认能够倒入

确认右后车轮A角处是否安全

A

确认左后方是否能够安全进入（有没有碰到障碍物）

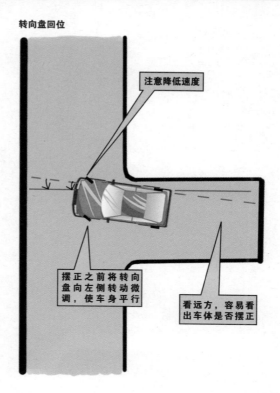

转向盘回位

注意降低速度

摆正之前将转向盘向左侧转动微调，使车身平行

看远方，容易看出车体是否摆正

●车头碰擦

在倒车过程中，新驾驶员往往只看后面而忘了前面，致使车头碰到障碍物。因此，倒车入位时一定要前后兼顾，特别是在转向盘转动幅度较大的情况下，由于汽车在转向过程中，转向轮的转弯半径要大于后轮的转弯半径，在倒车时车头部向外甩的幅度也大，所以一定要注意避免车头碰擦。

●一车占两位

停车场中虽然画了车位线，但有时候能停两辆车的地方却被一辆车占据着。这样于人于己都不利，轻则口角，重则刮蹭。所以驾驶员不要为了自己方便，而影响别人停车。必要的时候请人代驾停好车也是值得的。

QING QING SONG SONG JIA CHE

上路的技巧

2

第二章 上路的技巧

超车和让超车

■超车的基本要求

●超车的时机

1）相对行驶的车辆安全无障碍；

2）前方交通道路状况良好；

3）前车的行驶速度较低；

4）后方车辆的行驶状况允许。

●禁止超车的情况

1）交通标志禁止超车的区间；

2）超车时可能压黄线的路段；

3）被超车示意左转弯、掉头时；

4）弯道及其附近；

5）临近坡顶或下陡坡时；

6）超车中对面有会车的可能；

7）隧道及其附近；

8）通过交叉路口、铁道路口、人行横道时；

9）前车正在超车。

■安全超车诀窍

不同的路段、不同的路况超车，都有不同的驾驶方法。但有一些规则是安全超车的诀窍，必须遵守，不能忽视。

●左侧超车

如无特殊情况，尽量从左侧超车。这是在所有右行制度的地区最安全的超车方式。

●掌握前后路况

超车时，首先观察左前方，再观察左后视镜及左后视镜死角(盲区)，确认安全后，打左转向灯，逐渐切入前方车辆左侧行车道。

●返回时先看后面路况

超车后如果需要返回右侧行车道时，则应该在后视镜中观察后面路况，与被超车辆拉开一定距离后，再打右转向灯转换到右侧行车道。

超车

轻轻松松驾车

■让超车的技巧

在道路驾驶中，汽车经常遇到被后车超越，特别是初学驾驶的人员驾驶教练车，由于速度较慢，被超越的机会更多。当遇到被后车超越时，应选择合适的时机主动避让。

●让车的时机

让车的时机一般是选择在道路视线状况良好，前方没有复杂情况，侧方不影响其他车辆正常行驶的情况下，并使自己的车辆与前车留有能够让超越的车安全插入的距离。

●让车时的操作

在让车过程中，必须稳住转向盘，并随时做好快速减速的准备。应注意观察后视镜，如果有其他车辆尾随，连续超车，则必须控制车速，全部让车后，才能进入正常行驶状态。

在让车过程中，发现本车道前方忽然出现行人或其他情况时，不能向左打转向盘，以免造成左侧正在超越的车辆发生危险。

让超车

并线

■并线的基本原则和要领

　　并线的基本原则就是不能影响其他车的正常行驶，正常行驶的车没有义务和责任让并线车辆先通行，因此不要强行并线。

　　●看清要进入车道的情况

　　驾驶员一定要提前看清要并入的车道内车的行驶情况，诸如该车道内车辆的速度，前方是否有拥堵或减速情况，两车之间是否有足够的距离供驾驶员并线，后视镜盲区内是否有车辆等等。

变更行驶路线的顺序

向右侧换道

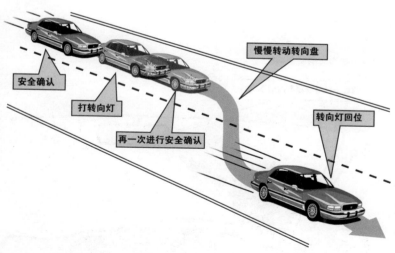

安全确认

打转向灯

再一次进行安全确认

慢慢转动转向盘

转向灯回位

轻轻松松驾车

● 并线动作一气呵成

并线时一定要把握好时机，并线动作要干净利落，一气呵成。并线时先打转向灯，然后加速驶入要并入的车道。车辆完全进入车道后回正转向盘，并将转向灯回位。

■技巧与提高

很多交通事故是因为驾驶员并线不慎造成的。对于新驾驶员来说，并线是一件很恐怖的事。不息的车流、不时响起的喇叭和闪烁的灯光、其他车驾驶员嘲笑的眼神，都会使新驾驶员感到莫名的恐惧。因此，从实际情况出发，新驾驶员在未完全掌握通过后视镜观察后方路况、跟车距离等基本技能时，尽量老老实实开车，除非万不得已，不要并线。待条件成熟之后，驾驶员会发现并线其实很简单。

变更行车路线时的安全确认

通过后视镜观察车后的情况

● 并线时要讲究公德

一次完美的并线首先就是不要造成后车减速让行，因此不要强行并线，更不要在并线刚刚完成之后就制动，这些坏习惯很容易招致他人反感。需要并线时先提前打灯，告诉其他车的驾驶员要干什么。

● 看清车后和两侧情况

因为车身的左右是驾驶员的盲区，当左侧车道或右侧车道的车行驶接近驾驶员的车后门位置时，无论从车内的后视镜还是车外的后视镜，都很难发现两侧车道的车辆，因此，并线前要迅速回头看一下盲区内的情况。

● 以小角度并线

小角度并线可以给后面来车的驾驶员留出足够的心理准备和反应时间。最忌大角度横插入别的车道。

● 出主路前提前并到最外侧车道

如果对要去的地点不熟悉，建议提前并到最外侧车道，不要快到时忽然发现了出口，匆忙中大角度地减速、并线。

● 注意相隔车道的情况

并线时不仅应注意相邻车道的情况，还要注意相隔车道的情况，避免两车从相隔车道同时并入一个车道而发生碰撞的事故。

会车

会车的基本要领

在行车过程中，上行车与下行车的相错称为会车。一般在视线良好，侧向距离足够的情况下，都可以进行会车。

避免在此处会车

提前减速

●选好交会地点

车辆会车，要尽可能选择宽阔的地段，确认道路两侧交通情况安全，无会车障碍时方可会车。

●保持安全车速

车辆会车时，如果车速较快，应当适当降低车速，确保会车安全。

●交会时两车保持安全的横向车距

在道路情况允许会车的条件下，车辆要适当靠右，并保持直线行驶。

车辆会车时遵守交通法规，切勿抢行。如果有障碍物只能单行通行时，应按右侧通行的规则，让无障碍车辆先行。

■会车的技巧

正确会车，是指驾驶员要提前做好准备，避免会车时心理上的慌乱和操作上的忙乱。

●一看

会车前，驾驶员要看对向来车的车型、速度和装载情况，前方道路的宽度、坚实情况，路旁行人和车辆情况，路旁停车以及障碍物情况等。

●二算

驾驶员通过观察和比较，估算出两车交会时的大致位置、占路情形，以留出合适的横向安全间隔。

●三慢

车辆会车时要放慢车速，临近交会时如果条件不良，应及时控制车速。车辆交会不能盲目，必要时应该先停车，以达到两车顺利交会的目的。

轻轻松松驾车

跟车

■正确的跟车方式

不同的路况和不同的车流速度下，跟车的距离不尽相同。

●和前车保持安全距离

与前车保持安全距离，是指在前车减速或制动时，驾驶员有足够的时间做出反应，采取制动措施。此外，驾驶员要不断通过观察前车和后视镜中的后车判断自己和前、后车之间距离的变化，并及时修正跟车距离。

●和前车保持有限的距离

对于行驶中的车辆，让其他车道上的车辆随意并入自己的前方是比较危险的，容易造成驾驶员的紧张和疲劳。保持有限的距离就是要防止其他车道上的车辆随意并入自己的前方。

新驾驶员往往判断不好与前车的距离，因此经常出现离前车较远的情况，影响了车流速度，同时给其他车辆并入其前方创造了条件，造成了事故隐患。还有些胆大的新驾驶员跟车很近，但处理紧急情况的能力较差，一旦前车减速或停车稍快，很容易发生追尾事故。

■驾车上路"六不跟"

●不跟大型货车

因为大型货车又宽又大，遮挡行车视线，既容易使后面的车随着它闯红灯（大货车过去后红灯亮了，后车难以停车而出现违章），又可能因货物掉落而伤及其后面的车辆和驾驶员。

●不跟公交车

因为大型公交车和大型货车一样，容易遮挡行车视线，而且一些公交车驾驶员进出站时强进强出，还不开转向灯，如果跟得过近或在其两侧，就容易发生事故，而吃亏的总是小型车。

●不跟出租车

空驶的出租车，经常要在路上找活儿，一旦发现有人打车，驾驶员就会紧急制动。而载客的出租车也会因乘客就近下车，驾驶员随意停车，经常连转向灯也不打，就猛地停在路边。如果跟车过近，就没有了制动距离，很容易追尾。

●不跟高挡车

如果自己开的是一辆比较普通的车，最好不要跟在高档车的后面，因为高档车的制动性能更好，一旦出现了紧急制动，它能及时刹住，而自己的车制动距离长，发生追尾的可能性很大。

●不跟外地车

外地驾驶员一般对新去的城市道路不熟，行车速度慢且犹豫，有时为了寻找目的地，会临时停车问路。还有一些跑长途的驾驶员疲劳驾驶，车开得忽快忽慢，忽左忽右，跟在其后面很危险，稍有疏忽也会发生追尾。

●不跟"串车"

如果在快车道上行驶，应尽量避开"串车"，因快车道上行驶的车辆速度都很快，尤其是新驾驶员难以把握平衡速度，保持安全车距，一旦前面的车采取紧急制动，很容易出现连续追尾，三四辆车相撞的事故并不少见，特别是中间的车辆受到前后夹击，后果不堪设想。

观察行人

■行人的特点

行人的最大特点是，可以在极短的时间和极短的距离内改变自己的行为，比如，在横穿马路时可以突然站住、跑步或改方向等。行人在路上的心理因人而异，步行速度没有一定的规律。不同年龄的行人在路上会有不同的动态，新驾驶员应该学会区别对待他们，根据不同的行人及时改变应对方式，这对安全行车很有帮助。

■各类行人的特点分析与处理

●遇到缺乏交通经验的行人

有些行人缺乏交通经验，看见汽车还在很远的地方驶来或听到行驶声，就急忙闪避到道路的一边，待汽车临近时，又感到自己所处的地方不安全，表现出惊慌失措、左右徘徊，有时会突然向路的另一边猛跑，从而造成险情；还有一些行人，发现后面有来车时，就向路边让，当汽车驶过去之后，马上又回到路中间，忽略后面还有来车；还有一些横穿道路并已行到道路中间的人，遇到左（右）方来车时，往往向后退让，而不顾身后还有来车，结果，顾此失彼、不知所措。在遇到这些行人时，应提前减速，并尽量离行人远一点驾车驶过，同时做好随时停车的准备，一旦发现险情应立即停车，待这些行人安定下来后，再继续行驶。

●遇到麻痹大意的行人

1）有些人认为汽车有人操纵，虽然自己不让路，汽车也不可能撞到自己。

2）有些人想显示自己的胆量，认为汽车驾驶员不敢开车撞他，看到汽车或听到喇叭声，甚至汽车已驶到跟前，也不迅速避让，甚至不予理会。

3）有些人虽然避让一下，但并不考虑避让的效果，使汽车仍然无法通过。

过人行横道时对行人的保护

可能有行人通过

遇到这种行人时，应减速并鸣喇叭（在非禁鸣地区），耐心地设法避让通过，切不可急躁赌气，更不可意气用事，冒险强行。

●遇到顾物忘却安全的行人

1）有些行人将东西掉在道路上，为尽快捡回失物，不顾汽车临近和自身安全，冒险上前捡拾。

2）有些赶着牲畜在路边行走的人，当汽车驶近，牲畜骚动起来，为了保护牲畜而冲到路中驱赶，忘却自己的安危。

对于这些行人，驾驶员必须既要看人，又要看物，要将物和人有机地联系起来，一旦发现有物品掉落在车行道上，就应做好有人来捡拾的准备，主动降低车速，避让物品，并做好随时停车的准备，以保安全。

●遇到躲避灰尘和泥水的行人

一般来说，每个行人都想躲避灰尘和泥水，有些冒失的行人，为了躲避汽车行驶扬起的尘土或溅起的泥水，往往不顾安全，在汽车驶近时，突然跑向路的另一边。

对这样的行人，重点应放在预防上，要注意观察风向和行人动态。尽量减速，以减少尘土飞扬；避开水洼，减少污水的飞溅，并做好避让行人的准备，鸣喇叭（在非禁鸣地区）提示行人注意。

●遇到沉思的行人

陷入沉思的行人，注意力高度集中在所思考的问题上，除两腿本能地机械移动外，对外界一切都置若罔闻。汽车的行驶声、喇叭声都不能引起他的注意。

遇到这类行人时，要减速鸣喇叭（在非禁鸣地区），缓行绕过，并尽可能地保持较大的安全距离，以防行人在沉思中突然惊醒，盲目乱跑。

●遇到顽皮的儿童

儿童一般活泼好动、年幼无知。公路附近长大的儿童一般不太惧怕汽车，他们常在公路边或公路上玩耍。

遇到这样的儿童，要注意全面观察，既要看到路中的儿童，又要留心其路旁的小伙伴。如果遇有停车、起步，一定要注意观察后视镜，防止儿童攀扶车厢等危险行为。

●遇到聋、哑、盲等残疾人

1）行车中，遇到聋、哑、盲等残疾人时，要谨慎小心，根据具体情况做适当处理。如聋哑人因为听觉失灵，根本听不到外界的一切声音。

凡遇到鸣喇叭而行人毫无反应时，就应考虑可能是听觉失灵者，要尽快减速，从其身旁较宽一侧缓慢通过。

2）盲人的听觉一般都很灵，通常听到汽车声就急忙避让，但不了解自己应如何避让，往往欲避却又不敢迈步。

遇此情况，应观察判断，必要时要停车等待盲人先通过，不要鸣喇叭不止，使盲人无所适从而发生危险。必要时，要下车搀扶盲人离开危险区，而后驾车通过。

● 遇到受气候影响的行人

遇到暴风骤雨时，行人为避风躲雨而东奔西跑，道路上的秩序会比较混乱。汽车在行驶中应减速鸣喇叭（在非禁鸣喇叭地区），注意和掌握行人为避风雨而奔跑的动态。

雨天，行人撑伞或穿雨衣，视线和听觉会受到影响，不能及时发现、避让车辆。对此应加强观察，从路中间缓慢通过。

严寒和风雪天，行人穿戴较厚，行动不便，一心赶路，对汽车不太留心，对此应减速鸣喇叭（在非禁鸣喇叭地区），从其一侧缓慢通过。通过时要考虑道路的湿滑情况，防止车辆横滑或行人滑倒而发生事故。

● 遇到结伴而行的行人

几个人结伴而行，其中一人向路的一边跑，其他人也可能跟着跑。对这些行人要注意领头的人和那些表现比较犹豫的人，尤其在同行人大都已穿越道路，还剩少数人在另一边时，要特别注意这少数人的行动。结伴而行的人，常常边走边谈，一些青年人爱打闹玩笑，对此必须格外注意，防止因他们打闹玩笑而突然跑到道路上来。对列队而行的团体，只需稍鸣喇叭（在非禁鸣喇叭地区）提示，按正常速度通过即可；当他们列队横穿道路时，应停车等候队伍过完，不可鸣喇叭催促，更不可抢行冲断队伍。

●遇到精神失常的人

有些精神失常的人，往往在公路或街道上毫无规则地游荡，有时手舞足蹈地拦截车辆，甚至横卧于道路上。

遇到这种病人时，应低速缓绕而行，不应对其恫吓或用武力驱赶，必要时，可协助有关人员将其收容。精神失常的人与汽车缠闹时，驾驶员应关闭驾驶室，不要与其纠缠，让车处于随时起步的状态，待病人离开后起步行驶。

●遇到突然横穿道路的行人

行人突然横穿道路，对行车安全有极大的危险性。当发现有人横穿道路时，应立即采取制动措施，同时判断行人横穿的速度和车辆可以避让的安全路段。避让横穿道路的行人时，应从行人身后绕过，但要注意行人可能突然止步或往后退。视线不良的胡同小路、村中小道与公路交叉路口，看不到行人动态，要注意从胡同、小道内突然出现的横穿道路者。

通过路口

■通过路口的基本原则

车辆在通过有交通信号的交叉路口时，驾驶员要尽量提前对信号灯的变化做出判断，并根据变化做好心理准备，随时采取有效措施，确保路口处的行车安全。

交叉道口的直行方法

交叉道口的右转方法

■看灯过路口的操作要领

●红灯

红灯亮时，驾驶员要将车停在停车线以内，拉驻车制动或将右脚一直放

在制动踏板上（夜间避免长时间踩着制动踏板，因为刺眼的红光会影响后车

驾驶员的视力），等待交通灯的变化。此时，右转弯车辆在不妨碍直行车辆安全的情况下，可以通过。

●黄灯

黄灯亮时，禁止通行，已经越过停车线的车辆可以继续通过。黄灯闪烁时，在确保安全的情况下，车辆可以通过路口，右转弯车辆在不妨碍直行车辆安全的情况下，可以通过。

●绿灯

绿灯亮时，如果是停在路口的首车，信号变成绿灯后，要先确认左右安全，然后再起步。如果交叉路口的前方有车辆正在通过或是发生了堵车，也不能进入交叉路口。

视线不好的交叉道口的通行

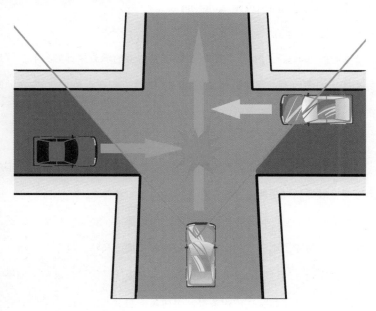

交叉道口的左转方法

通过桥梁

■通过桥梁时驾驶的基本原则

●通过前的准备

当驾驶的汽车接近桥梁时，驾驶员应注意桥上的承载量标志，听从管理人员指挥。如果因雨、雾等天气原因视线不清时，应在距桥100m左右的时候减速鸣喇叭（在非禁鸣喇叭地区）示意。

●谨慎通过

车辆驶上桥梁时，如果前方有同方向前进的车辆，要与前车保持一定的安全距离，减速通过桥梁，不能在桥上掉头、超车和停车。

在我国的道路上，有一些桥梁的桥面比引道要窄，还有的桥面与道路不成一条直线，驾驶员稍有疏忽，就有可能使车辆撞上桥栏，甚至翻入桥下。为确保行车安全，通过不熟悉的桥梁时，特别是夜间通过较窄道路上的桥梁时，要谨慎小心，注意观察桥梁情况，时速不得超过20km/h。

■通过不同类型桥梁的技巧

●通过窄桥

驾车通过窄桥时，如果对面来车距桥头较近，要主动靠边避让，待来车通过后再前进，不要"争桥抢行"。如来车速度较快，虽距桥头较远时，也应警惕来车抢先上桥，需提前做好及时停让的准备，避免发生桥上碰撞事故。

●通过石桥、水泥桥

如果桥面广阔平整，车辆可以匀速通过。如果桥面不平或较窄，车辆应降低车速缓行通过。

● 通过拱形桥

驾车通过拱形桥时，当受桥拱遮挡看不清对面车辆及道路情况的时候，应减速鸣喇叭（在非禁鸣喇叭地区），靠右行驶。车辆行至桥顶时，在减速的同时做好制动准备，切勿高速行驶或空挡滑行，以免发生颠簸或交通事故。

● 通过木桥

驾车通过木桥时，应提前减速，让车的前轮对准道板缓行。遇年久失修的木桥时，要先下车查看，必要时卸去车上部分或全部货物，如果乘车人员较多，也应选择下车步行，驾驶员确认安全后低速驾车通过。如果行进中听到桥梁发出响声，应继续行驶，不得中途停车。

● 通过吊桥、浮桥、便桥

驾车通过吊桥、浮桥、便桥时，如果没有管理人员指挥，驾驶员要先下车察看，确认安全后方可低速缓行，切不可中途加速、换挡、制动、停车、起步，以免造成对桥梁的冲击。必要时，可让乘车人员下车步行过桥。

● 通过漫水桥

驾车通过漫水桥时，一般要在水退后通过。如遇紧急情况必须通过时，需要先在桥面设立路标，然后驾车匀速缓慢通过。

■ 如何通过立交桥

很多城市道路上出现了越来越多的立交桥，以北京为例，数量众多、形状各异的立交桥经常让一些刚刚上路的新驾驶员不知所措。不同的立交桥左转、右转、直行和掉头走法都不相同，同一条环线光一个左转弯就能有三四种走法。如果在行车中没有看清立交桥指示牌，或者走错了行驶路线，往往会多走很多冤枉路甚至发生迷路情况。驾驶员要在立交桥上正确驾驶车辆，最简单、最快捷的方式莫过于通过交通地图和网上搜索来熟悉立交桥的特点。除此之外，车辆在立交桥上最好缓慢行驶，注意每一个路牌和地面指示标志，以辨明自己的行驶路线和方向。

通过隧道

■隧道内驾驶的操作要领

●适当降低车速

汽车从洞外路段驶入隧道时，人眼对黑暗适应时间大约需要七八秒，此

时驾驶员的视力下降，因而必须减速。有些长隧道，前半部分路段为上坡，后半部分为下坡，由于这种纵坡结构，汽车驶出隧道的平均速度比驶入时高5~10km/h。此外，夜间隧道行车时，虽然隧道内有照明灯，隧道内比外部明亮，驾驶员也不要提高车辆的行驶速度。在隧道内行车不能凭直觉判断车速，一定要通过车速表确认行驶速度，同时还应注意保持相应的车距。有些隧道的入口处还设有通行信号标志，驾驶员一定要在看清信号标志后再驶入。

● 开灯行驶

驾车通过一般道路的单车道隧道时，驾驶员应随时观察对面有无来车，开启前后车灯，一般不宜鸣喇叭。车辆通过高速公路上的隧道，也应开灯行驶，目的是标明车辆的位置，确定车距，防止追尾事故的发生。

● 直线行驶

车辆通过一般道路的双车道隧道时，应靠道路右侧以正常速度行驶，不得在隧道内变换车道，更不准随意超车。

● 避免停车

由于各级公路的隧道都比洞外路面窄，特别是路面的宽度是以最小基本宽度为设计基准的，所以，隧道内严禁随意停车，以免交通阻塞。如果汽车抛锚于隧道内，应立即通知道口，设法将车辆拖出隧道，不得在隧道内检修。

■ 注意隧道内的气流影响

隧道的出入口处是气流变化较大的地方，特别是在高速公路上，受侧向气流的影响，常常产生较大的侧向力，使汽车突然改变行驶方向。驾驶员必须注意，车辆在驶入、驶出隧道的时候，心里要有所准备，同时应控制好转向盘，保持正确的行驶方向。

掉头

■掉头的地点与时机选择

汽车掉头，必须严格遵守道路交通管理条例的规定："机动车在铁路道口、人行横道、弯路、窄路、桥梁、陡坡、斜道或容易发生危险的路段，不准掉头。"因此，车辆掉头必须选择交通量小的交叉路口，或平坦、宽阔、路面坚实的安全地段。根据路面宽度和交通情况，汽车掉头可分一次顺车掉头或顺车与倒车相结合掉头。如无上述条件，也可以选择利用路旁的空地进行掉头。

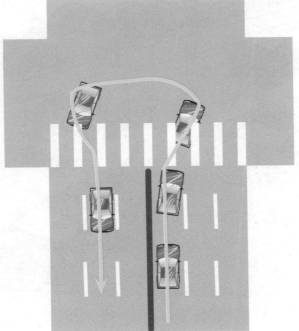

■掉头时的操作要领

●一次顺车掉头

在较宽阔的道路上，车辆要尽量应用大迂回一次顺车掉头。此法迅速、方便、安全。如在有交通指挥人员的地方，车辆应事先发出掉头信号，得到指挥人员的许可并示意后，降低车速，用低速挡慢车行驶掉头。

●顺车与倒车相结合掉头

如果道路狭窄，车辆不能一次顺车掉头，可运用顺车与倒车相结合的方法掉头。具体步骤如下。

1）要选择合适的路段，发出左转弯信号，将车缓慢驶向道路一侧。

2）转向盘向左转足，当前轮快要接近路边或车辆前沿接近障碍物时踩下离合器，轻踏制动踏板。

3）在车辆还未完全停止时将转向盘迅速向右转，将车的前轮转至后退所需的新方向，立即将车停稳。

4）观察清楚车后情况，然后慢慢倒车起步。

5）向右转足转向盘，待车前有了足够左转的空间后，立即踩下离合器踏板。

6）轻踏制动踏板停车，并利用停车前这一时机，迅速向左回转转向盘，使前轮转至前进所需的方向，换前进挡加速完成掉头。此时车辆如果仍然转不过来，可再次后退或前进，反复几次至掉转完成即可。

■技巧与提高

●坡路掉头

坡路掉头的最大难点就是停不住车，因此，无论前进、后退、停车时，除使用踏板制动外，还须使用驻车制动，待车停稳后，再挂挡前进或后退。

操作时，驾驶员应一只手握稳转向盘，另一只手握紧驻车制动杆，一只脚缓慢放松离合器踏板，同时，另一只脚踩动油门踏板适当加油。当离合器大部分已接合时，放松驻车制动杆，使汽车平稳地前进或后退。

●前后勿碰撞障碍物

车辆掉头过程中，向前要进足，后退要留余地。由于车轮接近路边的距离各不相等，在判断车位时，应以先接近路边的车轮为准。路旁如有障碍物限制，车辆前进时应以保险杠为准，后退时可以后车厢板或后保险杠为准，切勿与障碍物触碰。

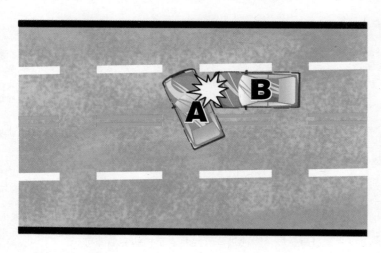

● 沟边掉头

在路边有沟的情况下，车尾应朝安全一侧，车头朝向有沟的一方。宁可多进行几次进、退，也不可过分驶近路边，以保证安全。

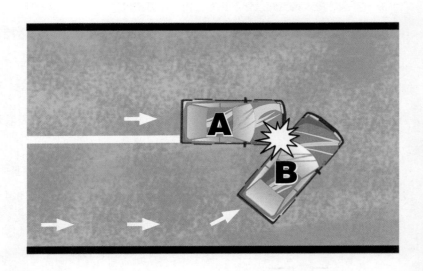

通过铁路

■通过铁路的基本原则

●停稳

车辆在铁路道口停车等待时，要拉紧驻车制动，以防车辆发生溜滑，与后面的车辆碰撞。

●快过

火车通过时，驾驶员应立即做好发动汽车和让车辆起步的准备，一旦铁路值班人员发出放行指令，车辆应立即起步，以免阻塞交通。车辆穿越铁路时，必须一气通过，不得在火车通过区变速、制动、停车。

●防止受伤

车辆通过铁路时，一是要防止车辆受伤，注意凸出路面的道叉、枕木，以防损伤轮胎等；二是驾驶员要防止自己受伤。轮胎越过轨道时转向盘会在车轮应力作用下发生小幅转动，驾驶员两手要虚握转向盘，能控制方向即可，不要和转向盘"较劲儿"，防止击伤手臂，也可以保护转向机构。

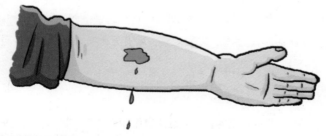

●不在铁路上停留

如果汽车在铁路上熄火，必须立即设法把车移离铁路。在火车即将来临的紧急情况下，可将变速杆挂入一挡或倒挡，抬起离合器，启动点火开关，

用启动机启动瞬间的转动力带动发动机，将车挪离铁路。如实在不能移动车辆，要尽量迎向火车驶来的方向，同时晃动红色衣物等，以告知火车驾驶员紧急制动，避免发生重大事故。

■通过铁路道口的操作要领

在停车线前2m处停车，左右观察，看有无火车，确认安全并符合上述原则时小心通过。

●匀速行驶

车辆要保持行驶速度的均匀，避免提速和不必要的制动，更不能停车。

●车速不能过低

通过铁路道口时，要保持适当的时速，以防突然熄火后，能安全滑行到铁路道口以外。

●注意管理人员指挥

车辆通过铁路道口时，驾驶员应服从铁路管理人员的指挥，遇有道口栏杆（栏门）关闭、音响器发出报警、红灯闪亮或看守人员示意停止行进时，须靠道路右侧依次停在停止线以外；没有停止线的，车辆应停在距最外股铁轨的5m以外处。

通过无人看守的铁路道口时，必须遵循"一停二慢三通过"的原则，确认安全。如果路口两边有物体挡住视线，看不清两边有无火车驶近时，则应下车查看，不得贸然通过，更不准与火车抢行。

遵循"一停二慢三通过"

QING QING SONG SONG JIA CHE

各种路况的应对

第三章 各种路况的应对

在城区道路上行驶

城区街道大多行人拥挤，非机动车辆及机动车辆多，交通情况的复杂多变给汽车安全行驶带来一定的困难。因此，驾驶员应当严格遵守当地城市交通管理实施细则，熟悉城市交通特点。

■驾车上路"五注意"

●注意行人

车辆在城区行驶时，必须密切注意行人。俗话说，在城区驾车是"车怕人而不是人怕车"，由此可以看出在城区驾驶时对行人的重视。

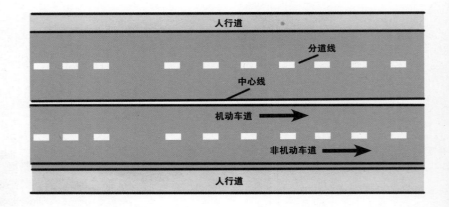

●注意观察交通指挥和信号标志

驾驶员从一开始驾车上路就要养成自觉遵守交通信号标志的意识，自觉服从交通警察指挥。特别是在交通警察不在时，也必须自觉按照交通信号标志行驶。

●随车流行驶

驾驶员驾车，提倡中速行驶，尽量随车逐流，少超车，不可抢道行驶。

●主动避让特种车辆

驾驶员驾车要主动给公共汽车、电车、特种车以及外宾轿车等让道、让速。

●谨慎停车

驾驶员行车期间如果需要停车，应观察停车标志。停车位置通常设在路幅较为宽敞的道路右侧（画有白色的停车位置线）。下车打开车门时，应注意后方是否有车辆、非机动车辆等，以防碰撞。

用眼睛观察后视镜看不到的地方

轻轻松松驾车

■城区行车"九戒"

一戒车技不熟时急于到交通干线和繁华市区行车。新驾驶员一定要在僻静安全的地段反复练习，直至做到对自己所驾车辆的长、宽尺寸和性能有十分把握，可以很从容地驾驭时，再到上述区域行驶才是稳妥的。

二戒停车不入位。练好停车入位是城区行车的必要本领，特别是练好"倒车入位"最佳切入角技巧，驾驶员会感到事半功倍，终生受益。

三戒头脑发热不冷静。很多新驾驶员交通违章，不是不懂交规，而是路况稍微复杂便惊慌失措，以至于造成违章。因此，有意识地培养自己冷静沉着的心理素质是在繁华城区行车非常重要的本领之一。

四戒转弯慢不下来。城区行车事故多在转弯处，切记：进出路口、通过自行车道及人行道时转弯速度要减至与行人的速度差不多，注意观察后视镜中后方一切人、车动态，算好提前量，努力使自行车和行人不要因自己的转弯而迟滞停顿，尤其是小心右后侧快速驶来的摩托车和电动自行车。一旦完成安全转弯要轻加油驶离，俗称的"慢入弯快出弯"就是这个意思。

五戒在干线道路"游荡"。车辆在主干道上行驶时，要能跟上车流的速度，不要在城区干线道路上以明显慢于其他车的速度"游荡"，这样是非常危险的。车速过慢会阻碍正常车流，并且会导致后面过多的车超车，在自己的车前增加了无数个"交叉"点，增加了事故的可能性。

六戒跟车距离过近。跟车流不等于不要行车安全距离，进入上、下坡及雨雪路面和弯道等路段时还要加长这个距离，千万不能盲目跟进。

七戒红绿灯把握失措。前方路口无论红绿灯都要减速，因为即使路口是绿灯，由于路口本身是交叉点，变数复杂，低速通过是确保安全的基本要求。如果在绿灯没变时驾驶员已经驶到距离停车线10~15m时，就可以匀速通过。切记：什么时候都不能"抢"灯通过。

八戒不会充分使用后视镜。这个问题对于新驾驶员来讲非常普遍，后视镜可以保证倒车安全，避免与其他车辆发生碰撞。要养成改变车辆前后动向之前先看一眼后视镜的好习惯，同时要学会快速判断后方来车速度的能力。

九戒盲目并道和出道。作为新驾驶员，行车时既要照顾车辆，又要照顾路况，路上车又多，手忙脚乱地没能及时变道跑过目的地出口的情况在所难免，所以宁可多走一段路也不要大角度横向并道和出道，以免造成事故。

在高速路上行驶

■高速路上驾驶的要领

高速公路上行驶的车辆车速较快，而且其平坦的路面极易造成驾驶疲劳，因此也成为事故的多发地带。在高速公路驾驶，应注意以下事项。

●注意切入速度

车辆从匝道上进入主线车道，当入口有加速车道时，应在加速车道内将车速提高到一定的速度。并线时不应妨碍在主线车道行驶的车辆。

●注意车道职能

驾驶员驾车时，要严格区分车道的职能，分车道行驶，一般情况下走行车道，只有超车时，才使用超车道，保证车流畅通。

●车辆驶出高速公路时应减速

车辆驶出高速公路时，驾驶员应注意路口预告牌，将车从主车道并线进入减速车道减速，让车辆经匝道进入一般公路。

●注意限速

轻轻松松驾车

驾驶员驾车严格遵守速度限制规定，超速行驶是发生事故的诱因，而车速太低也会妨碍其他车辆正常行驶。但在雨雾天、冰雪天行车，车速要相应降低。

●注意保持车距

一般情况下，在路面干燥、制动良好的情况下，车间距离（m）不小于车速（km/h）的数值，如车速80km/h的时候车间距离不小于80m，车速100km/h的时候车间距离不小于100m。随时注意路旁车间距离标志牌，遇雨雾天、冰雪天或路面潮湿时车间距离要增加一倍以上。

●注意"温柔"驾驶

车辆高速行驶时驾驶员要始终握稳转向盘，改变车道或超车时，转向角度不要太大，防止车速过快车辆飘移。需要制动时，要分几次制动，不要一脚踩死，防止车辆跑偏。

■进入高速路前牢记"八检查"

在高速公路上，汽车必须保持足够高的速度行驶，所以在上路前一定要进行安全检查，如果不提前预防，车辆在高速行驶中突然发生故障，极易造成恶性交通事故。驾车进入高速公路之前必须对车辆进行以下八项内容的检查。

● 检查散热器

检查散热器有无足够的防冻液。

● 检查风扇皮带

检查风扇皮带的松紧度及有无损伤。

● 检查机油

检查机油量和清洁情况。

● 检查轮胎

检查轮胎气压是否达到轮胎的充气标准，轮胎有无损伤。

● 检查燃油

查看燃油表指针，确认燃油是否充足。

● 检查电器和灯光

检查各部分电器工作是否正常，特别是灯光有无问题。

● 检查底盘

检查底盘的紧固件是否松动，减震系统是否有异响。

● 检查制动系统

检查制动系统的制动效果，看制动盘片是否磨损严重。

在乡村土路上行驶

■乡村土路的特点

乡村土路，路面状况差，路窄且坑洼不平。晴天，特别是久旱干燥时，路面上尘土飞扬，细尘土被带走后，路面上便出现乱石和坑洼；雨天，特别是久晴遇上连阴雨时，土壤浸泡成饱和状态，路面上积水、泥泞、沟壑随处可见，甚至造成路肩塌陷。因此，在乡村土路上行车时必须了解各种气候条件下的路面特点，掌握安全行车要领，确保行车安全。

■乡村土路上驾驶的要领

●控制车速

土路上坑洼、碎石等障碍物较多，车辆的行驶速度不能过快，否则车体震动加剧，不仅造成车辆传动系统、行走系统等机件损坏，而且会直接威胁行车安全。特别是雨天在有积水和泥泞的路段行车，更要稳住油门，控制车速，用中低挡通过。注意在通过溜滑地段时，不得加减挡位变速和紧急制动，即使必须减速也要靠减小油门来控制。

●选择路面

路面上有坑洼、乱石时，应考虑到车辆离地面的间隙，转动转向盘小心避让，避免拖底。车辆在通过松软、泥泞积水路段时，驾驶员应特别谨慎，必要时应下车观察，当明确判断车轮确实不会陷入泥土中时，才可以挂低挡缓缓一气通过。新开通的土路，如果路面有车辙，车辆应尽量沿着车辙行驶，不可盲目冒险行驶。

沿车辙行驶

● 谨慎下坡

无论是晴天还是雨天，车辆下坡时都应选择中低速挡位，减小油门缓缓下坡，不得空挡溜坡。因为土路上坑洼、乱石较多，情况复杂，车辆下坡途中常需通过制动减速来避让，特别是有些土路下坡途中有急弯，如果空挡溜坡，制动时极易造成车辆跑偏、横甩，甚至翻车的重大事故。

● 安全会车

汽车在行进中不要与前车距离太近，以免被前车扬起的灰尘或溅起的泥水遮挡驾驶员视线。遇有会车时，应注意观察路面。特别是久雨后不要太靠近路肩行车，必要时停车避让。车辆交会时不要乱打转向盘和踩制动踏板，以免车辆侧滑发生碰撞事故。

● 预防侧滑

当车的前轮侧滑时，应稳住油门，纠正方向驶出。当车的后轮侧滑时，应将转向盘朝侧滑方向转动，待后轮摆正后再驶回路中。车辆下坡时如果后轮侧滑，可适当点踩一下油门，加大驱动力，待侧滑消除后再按原车速行驶。

过积水路面与涉水行驶

■过积水路面的要领

●提前减速

车辆过积水路面、水坑时减速慢行，避免激起的污水溅到行人，这是一种良好的驾驶习惯。下雨天，由于道路看不清，水坑深浅难以判断，所以要提前减速，以免汽车忽然熄火。

●目测水深

车辆行驶中千万不可贸然通过积水路面，驾驶员应该先目测水深，可以参照相同类型车通过时的情况而定。一般而言，积水达轮胎一半的位置时就不要通行了，以免发动机进水。

■涉水驾驶的技巧

轿车涉水能力较差，不要冒险涉水。如果必须要涉水通过，驾驶员必须仔细查看水的深度、流速和水底性质，以及进、出水域路面的宽窄和道路情况，由此来判断是否能安全地通过。在确认自己所驾汽车能够通过后，应选择距离最短、水位最浅、水流缓慢及水底坚实的路段行驶。

●低挡通过

汽车涉水时，要保证发动机运转正常，转向和制动机构灵敏，挂低速挡平稳开进水中，避免大轰油门或猛冲，以防止发动机进水。

●一气呵成

行车中要稳住油门，一气通过水面，尽量避免中途换挡或急转弯。遇水底有泥沙时，更要注意做到这一点。到没有水的路段后，要空踩几脚制动踏板，以免制动失灵发生事故。

●避免轮胎空转

如水底有流沙、车轮打滑空转，驾驶员要马上停车，不可勉强驾车通过，更不能猛踩油门踏板。要在发动机不熄火的情况下，组织人将车推出去，避免越陷越深。

●不要紧盯水面

驾驶员在驾车行驶中要尽量注视远处的固定目标，双手握住转向盘向前直行，切不可注视水流或浪花，以免被水面反光晃乱视线产生错觉，使车辆偏离正常路线而发生意外。

●切忌多车同时涉水

多车涉水时，绝不能同时下水，要等前车到达对岸后，后车再下水，以防止前车因故障停车，迫使后车也停在水中而进退两难。

在弯路中行驶

■弯路驾驶的要领

●过弯原则：慢进—中油—快出

车辆在还没有进入弯道，仍然保持直线行驶时，应该先减速，如果弯道比较大，则应该进一步降低车速。以低速进入弯道之后，先选择转弯路线

和修正方向，然后踩油门，此时因为车辆加速会使重心后移而让车头稍微浮起，转向盘变得较轻，车子就可以简单转弯。当看到弯道的终点时，将转向盘回正，在确认路况安全后，加油门快速出弯就可以了。

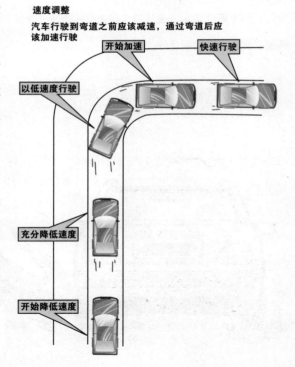

速度调整
汽车行驶到弯道之前应该减速，通过弯道后应该加速行驶

开始加速　　快速行驶

以低速度行驶

充分降低速度

开始降低速度

●转弯行驶的合理路线：外侧—内侧—外侧

车辆在转弯时既想要快速通过弯道又不希望产生太大的离心力的话，就必须充分利用道路的宽度，尽量以趋于直线的大弧度来转弯，所以，在转弯开始前要靠着弯道的外侧进入弯道，到中间的时候要靠着弯道的内侧行驶。也就是说车辆在弯道弧顶的地方应该靠着弯道的内侧行驶，在过了弯道弧顶之后，再切回弯道的外侧驶出，即转弯时车辆要选择"外侧—内侧—外侧"的转弯路线。

■各种弯道的通过方法

●顺利通过上坡弯道

车辆通过上坡弯道时，进入弯道前应该松掉油门，让其以较快的速度靠着弯道外侧进入弯道，然后将挡位降低一挡或二挡，接着选择路线和修正方向，同时轻点油门。车辆在过了弯道弧顶之后，再切回弯道的外侧，同时加大油门，最后靠着弯道的外侧快速驶出。在此过程中车辆也应该选择"外侧—内侧—外侧"的转弯路线行驶。

●顺利通过下坡弯道

车辆通过下坡弯道时，进入弯道前应该松掉油门踩制动，让其大幅度地减速，并且将挡位降低一挡或二挡，然后以较慢的车速靠着弯道的外侧进入弯道，接着松掉制动后选择路线和修正方向。车辆过了弯道弧顶之后，再切回弯道的外侧，同时轻点油门，最后靠着弯道的外侧快速驶出弯道。在此过程中车辆也应该选择"外侧—内侧—外侧"的转弯路线行驶。

●顺利通过盲区弯道

盲区弯道是看不到出口的弯道。车辆在盲区弯道上行驶时，由于看不到弯道尽头的交通情况，首先必须降低车速，而且不能按着"外侧—内侧—外侧"的方式行驶。为了避免和对面车辆发生事故，其必须靠着道路边行驶，在通过左弯道时，应该沿着弯道的外侧行驶，在通过右弯道时，应该沿着弯道的内侧行驶。一旦看到弯道的出口就可以变换车道，修正方向，按着先外侧后内侧再外侧的方法，加油门加速驶离弯道。

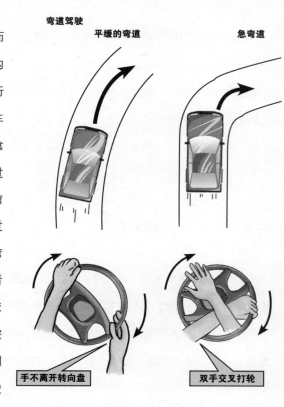

弯道驾驶

平缓的弯道　　　　　急弯道

手不离开转向盘　　　　双手交叉打轮

●顺利通过复合弯道

复合弯道是由两个以上弯道组成的弯道。车辆通过复合弯道时，重点是保证最后一个弯道，以便从最后的弯道出口处快速驶离弯道。车辆通过复合弯道时，首先降低车速，驶入第一个弯道的进口，在每个弯道上，都按着"外侧—内侧—外侧"的方法行驶，其间车辆可以稍微加点油门。在通过最后一个弯道时，一旦看到弯道的出口就可以修正方向，充分地加速，直线驶离弯道。

在冰雪道路上行驶

■冰雪道路上驾驶的原则

● 看清标志物，避免陷车

由于被积雪覆盖，道路的真实情况不易辨别，此时驾驶员应根据地形和路旁的树木、标志、电线杆等进行判断，沿路中心或积雪较浅的地方操纵车辆缓慢行进。如果积雪深至汽车轮轴时，应将积雪铲除后再前进。车辆在转弯、坡路及河谷等危险地段行驶时，路况稍有可疑，就应立即停车，待勘查清楚后再前进。积雪路上如果已有车辙，应循车辙行驶。会车、让车时，驾驶员如果对路面没有把握，应下车试探积雪下面的路面情况，待有把握后，再将车靠边进行会车、让车。

后边的车，要等前边过去以后才能走啊！

轻轻松松驾车

●限速行驶，避免侧滑

当气温上升，积雪开始融化时，路面会变得异常湿滑。在路面结冰的危险情况下，车辆尽量行驶在前车留下的车辙中，不要靠路边驾驶。降低车辆的行驶速度，不要超过最高限速的一半。如果驾驶员感到汽车的驱动轮开始打滑，马上松开油门踏板，加大与前车的距离。只有在必要的情况下才可将车停下来，因为重新启动车辆往往非常困难。不要猛踩制动踏板，那样将很可能造成车辆侧滑。如果产生侧滑马上松开制动踏板，使转向盘能够重新控制汽车。进入转弯前采取制动措施，千万不要在弯道中踩制动踏板，以免汽车失去控制。

雪路会车，一定要靠右慢慢通过

■冰雪道路上驾驶的技巧

●匀速行驶

起步和行驶过程中禁止猛抬离合器、急加速、急制动，应稳住油门匀速行驶。车辆起步时，离合器应半联动，轻踩油门踏板，使发动机在不熄火的情况下输出较小动力，以适应冰雪路面，提高附着力。尽量采用预见性制动和利用发动机的牵制作用减速，避免紧急制动。如果情况紧急，可以强行减挡，利用发动机制动。

●多用发动机制动

在冰雪路上行车一定要控制车速，特别在转弯或下坡时，必须将车速控制在能够随时停车的速度。车辆要减速时应采用换低挡的方法，利用发动机制动。尽量少用踏板制动，如果必须制动时要采用点制动的方式。

●保持尽量大的车距

车辆在冰雪路面上行驶，由于冰雪路面的阻力很小，因而制动的距离会增加。即使有ABS的车辆(不要将ABS视为绝对的安全依靠)，也要小心行驶，特别在积雪路面上一定要注意车距，因为轮胎与地面的摩擦力下降，跟车过近，当前车制动时，后车很难在短距离内刹住车，从而造成追尾。

●低速转弯

车辆转弯时，一定要提前最大限度地降低车速，稳住转向盘，慢转慢回。在不影响来车的情况下，尽量加大转弯半径，以减小转弯时的离心力，切记不可快速急转急回，以防侧滑横甩。

在坡道上行驶

■坡道驾驶的注意事项

●上坡路段切勿超车

上坡路段超车最危险，尤其要注意坡顶前看不见坡顶后的视线死角。小心慢行，才能确保车辆安全无虞。

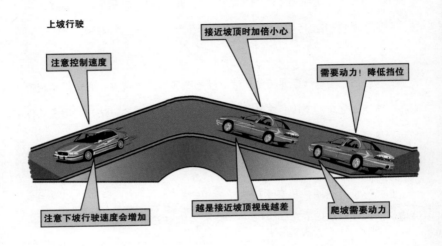

上坡行驶

注意控制速度

接近坡顶时加倍小心

需要动力！降低挡位

注意下坡行驶速度会增加

越是接近坡顶视线越差

爬坡需要动力

● 下坡路段克服心理恐惧

过分的担心和恐惧也会分散驾驶员的注意力，所以需要专注精神开车，同时利用低速挡来降低速度，这样可以减少使用制动，以避免制动系统过热而发生制动失灵的情况。

● 遇到陡坡提前换入中、低速挡位

及时正确判断坡道情况，根据车辆爬坡能力提前换中速挡或低速挡。要保持车辆有足够动力，切不可等车辆惯性消失后再换挡，以防停车或后溜。

如果不得不在坡道上停车，应在停稳后再起步，以免损坏机件甚至造成事故。一旦车辆熄火后溜，不要慌张，应立即使用踏板制动和驻车制动将车停住。如果仍然停不住车，应将转向盘转向有障碍物的道路一侧，用车尾抵在障碍物上强行停车。

汽车爬陡坡

爬坡之前从二挡降到一挡

● 下坡时严禁空挡滑行

车辆下坡时，可利用发动机的牵阻作用和踏板制动控制车速，禁止滑行和尽量避免使用紧急制动。

下坡行驶

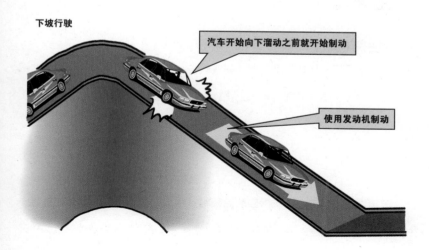

汽车开始向下溜动之前就开始制动

使用发动机制动

轻轻松松驾车

■上坡起步的操作

●准备

上坡起步往往是让新驾驶员头疼的事情。车停稳后，拉紧驻车制动，踩下离合器，将挡位挂入一挡，然后右手握住驻车制动柄。

●顺利接合离合器

准备工作完毕后，适当加油并使发动机保持一定转速后，左脚快抬离合器踏板至接近半联动位置，然后慢抬离合器踏板，同时注意倾听发动机声音的变化，待发动机运转声音发闷的时候，左脚应迅速停住并且保持不动，同时右脚二次加油，以使车辆保持足够的动力并能够顺利起步。

●起步

慢松驻车制动，车辆开始向前动时，离合器踏板应保持不动，使汽车平稳起步，再慢抬离合器踏板至离合器完全接合。

在曲狭路上行驶

■曲狭路段的特点

曲狭路段通常拐弯弧度较大，视线较差，会车时很难看到对面开来的汽车，是事故多发路段，新驾驶员上路就更应该注意该路段的正确行驶。

■曲狭路段驾驶的要领

●放缓车速

因为车道变窄了，车辆之间的间隙相对减少，驾驶员手中的转向盘稍一偏，车辆就有可能进入另一条车道，因此在狭窄车道上行驶要放慢速度，拉开与前车间的距离，在避免碰撞其他车辆的同时，也要提防被别的车辆碰撞。

●减少超车

当车道变窄时，车辆从一条车道跨越到另一条车道的时间变短，留给后车的反应时间也缩短，此时驾驶员注意力稍不集中就容易发生剐蹭。因此在无必要时，行驶在窄车道上，车辆最好按序前行，减少超车动作。

●会车提前准备

在窄车道上会车，有限的距离会让不少新驾驶员心慌意乱。嘴上念着不要碰车，手里的转向盘却往往不由自主地偏了过去，所以会车需要提前准备。

首先要关注来车的基本状况，如车型、载物情况、车速等；其次还要关注周边环境，如来往行人、前方道路宽度等。

在观察的基础上做出合理测算，留出合适的横向安全间隔。然后，驾驶员的目光要收回到自己所在车道上，尽量放远，而不是紧盯着来车。狭窄车道会车尤其需要放慢车速，必要时还可以停车。

拥堵路段的驾驶

拥堵高峰时段，最容易出现的事故就是追尾。新驾驶员上路，更应该避免此类事故的发生。一旦明确前方已经堵车，就应适时减速。

■拥堵路段的注意事项

●切勿开车打电话

很多人都喜欢在堵车时发短信或打电话解闷，这对于缓解疲劳也许有一定好处，但是聊天会分散人的注意力，对路况做出不正确的反应。有很多人就是因为在堵车时发短信，结果忘了勒紧驻车制动，车都向后溜了也没反应，所以开车还是应该专心。

●堵车时避免开窗

堵车时应避免开窗，即使在公路的主干道行车时最好也不要开窗，因为那里车辆密集，汽车排放的大量气体容易形成一个条形污染带，污染程度以轴形的主干道为中心，从中间向两边由强到弱分布。有专业人员使用仪器在交岔路口的红绿灯区进行监测，发现那里的污染也非常严重，特别是每当绿灯亮时，众车轰鸣启动，瞬间会释放出更多的有毒气体。

专家认为，遇上堵车，许多人是因为烦躁不安，才会想到开窗透气，其实，学会适当的自我心理调节才是驾驶员保持乐观心态的基本功。要用随遇而安的态度来应对，不妨听听音乐或与车内的人聊聊天，或看看当天的报纸，来缓解一下情绪。甚至可以采取更简单的方法来减轻烦躁感，比如把堵车时间当作难得的闲暇来度过，构思一下晚饭的菜谱，或者是周末陪家人出游的小计划等，这样就不会觉得堵车的时间难熬了。

●堵车时勿忘锁车门

现在城市车辆越来越多，堵车的时间也越来越长，许多活跃在道路上的窃贼也充分地利用这一点作案。所以，为了避免小偷抢夺车内物品，最好在堵车或等红绿灯时将车门锁死。

■堵车时如何避免追尾

追尾有两种，一是自己的车追了前车的尾，另一种是自己的车被后车追尾。堵车时，为了避免前后追尾，要做到以下几点。

●给后车留出反应的时间和距离

车辆制动前驾驶员应尽可能看一眼后视镜，提前点制动，给后车留一点反应的时间。不到万不得已，不要紧急制动。

●和前车同步制动

驾驶员应紧盯住前车的制动灯，一旦亮起，要马上收油，必要时迅速点制动，尽量做到和前车的制动动作同步。

●做到"眼观六路"

驾驶员开车时不能只盯着前车的尾灯，要尽量向前至少看3辆车，预测前车的动作，才能有时间做出反应。同样，踩制动也不是看着前车做动作，除了要瞄一眼后视镜中后车的反应，避免被"追"，还要提前看看左右车道是否有足够的空间，在制动无效或将被后车追尾的时候，及时变线躲避。

●用脑子"开车"

驾驶员对于前车的每个动作要多想想，前面的车绝不会无缘无故地制动、变线、提速。如果临近出口，前车从左向右并线，那可能是要出主路；如果距离出口很远，前车却纷纷并线，那可能是路上出了事故。

QING QING SONG SONG JIA CHE ■

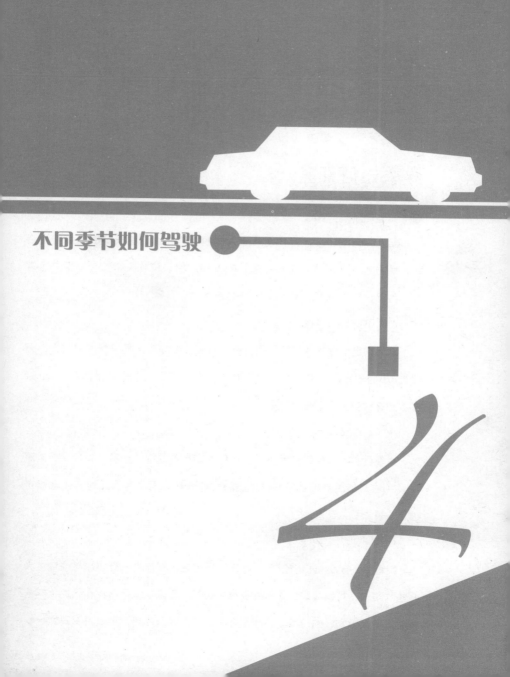

不同季节如何驾驶

4

轻轻松松驾车

 第四章 不同季节如何驾驶

春季如何驾驶

■春季驾驶的特点及应对

春天，天气转暖，万物复苏。人体的新陈代谢随着气温的增高特别活跃，精力也就出现了"供不应求"的多种症状，稍有不慎就会发生交通事故。为此，驾驶员可以采取以下办法应对。

●保证充足的睡眠

睡眠充足是预防"春困"的关键。驾驶员要养成早睡早起的习惯，每天保持8小时的睡眠时间。如果晚上加班开车，第二天午后尽量休息1个小时左右，这对安全行车十分重要。

●活动四肢

驾驶员在行车中感觉困倦时，可停下车在驾驶室伸直腰，闭目聚神做深呼吸20次，然后走出驾驶室伸伸胳膊，弯弯腰，下蹲20次，可有效地驱走睡意，重新投入驾驶。

●饮料辅助

因睡眠不足仍有出车任务时，驾驶员可在出车前喝一杯热咖啡或浓度大一些的茶水，可以提高大脑的兴奋度，缓解"春困"。也可以在借助饮料的同时，在太阳穴、脑门等处涂抹适量的清凉油或风油精，可以减退睡意。

●凉水刺激

对因执行行车任务既不能休息，而活动后仍有困意的驾驶员，可采取用凉水刺激内外神经的方法。即饮两杯凉开水，再用凉水擦擦脸，在一定程度上可减少睡意。其次，可用凉茶水拍击脑门数次，也可起到立竿见影的效果。

●打开车窗

驾驶员在长途行车中出现疲倦时，应打开车窗保持空气流通，刺激人体神经，这是驱逐困倦最简单的方法。

●停车休息

驾驶员长途开车时，如果感到疲惫，应去服务区或停车带上停车，闭上眼睛，睡上十几分钟，可以恢复精力。但要注意，停在紧急停车带上，需注意安全，别忘了打开危险警告灯。

轻轻松松驾车

■春季驾驶的"三防"

●防雨水

春雨中的酸性成分相对较高，对汽车的漆面具有极强的腐蚀作用，久而久之就会对汽车的漆面造成损害，因此在雨水较多的春季，换季保养一定不要忽视汽车的防水工作。在进行换季保养时，最好能给爱车进行一次漆面美容。最简单的是打蜡，更长久、更有效的办法是进行封釉美容。无论哪一种方法，都能给爱车穿上一件看不见的保护外衣，防止漆面褪色老化，让亮丽的车容常伴左右。

●防病菌

春季气温升高，再加上空气潮湿，是各种病菌繁衍生长的黄金季节，因此驾驶员要特别注意驾驶室内的防菌工作，让驾驶室内保持干爽、卫生，特别要做好汽车坐垫、出风口的清扫工作，保持车内环境的干爽、整洁。

●防大风

我国大部分地区春季会有大风出现，顶风和顺风对汽车行驶影响都不大，对行车有较大干扰的是侧向的大风。

遇有大风天气时，驾驶员应适当降低车速，同时要尽量避开广告牌密集的地段，防止被高空坠物砸伤。

夏季如何驾驶

夏季天气炎热，气温高，不利于汽车各机件的正常运行和驾驶员的身体健康。对于初学驾驶的新驾驶员来说，开的车也多为新车，所以一定要更加注意。

■夏季驾驶的特点及应对

●睡眠差，容易瞌睡

夏季，气温高、空气闷，加之不少人夏季入睡较晚，严重影响了睡眠和休息。行车途中，如果"睡虫"上身，驾驶员可以打开车窗换换空气，也可以停车后用冷水洗洗脸，或者干脆小睡一会儿，等精力恢复、头脑清醒后再继续开车，以确保行车安全。

●气温高，容易中暑

一些驾驶员为了省油，舍不得开空调，有些驾驶员害怕开空调污染车内空气，还有些车，开了空调就会动力下降，所以驾驶员也都尽量不开空调。其实，遇到温度特别高的天气，适当使用空调非常必要。除此之外，驾驶员在车内可以放一些诸如清凉油、藿香正气水之类的防暑药物，以备不时之需。

●雷雨天气要谨慎

出现雷雨天气的时候，路况会比平时复杂，这时驾驶员应"稳、慢"当先，低速行驶。遇到电闪雷鸣，一定要关闭所有车窗，并收起收音机天线，以防雷击。

●路上情况更加复杂

由于消暑纳凉的人大多采取散步休闲的方式，驾驶员在驾车时要特别注意这些人群，尽量不要靠近慢车道行驶，并合理使用灯光、喇叭等警示工具。另外，夜间行车时还要特别注意夜晚在户外乘凉露宿的人员。汽车在郊区、乡镇通过时，遇到公路上有晾晒农作物、粮食的路段，驾驶员应选择低速通过，尽量避免使用制动，以防止车辆侧滑或晾晒物因反复碾压而起火。

■夏季驾驶穿戴有"三忌"

●忌穿厚底鞋、高跟凉鞋或拖鞋

夏天，一些人喜欢穿鞋底特厚的凉鞋或凉拖鞋。穿着鞋底太厚的鞋开

车，驾驶员脚部对踏板的感觉就不太准确了，进行制动、油门、离合等操作时都会"没深没浅"地运动起来。另外，女驾驶员的高跟鞋会把脚的支点抬高，无形中增大了踩制动踏板的力度和角度，有时甚至需要踮着脚尖去狠踩踏板，才能达到正常踩踏的制动效果，而且长时间穿高跟鞋驾驶，驾驶员脚部肌肉也容易抽筋和拉伤。所以，一定要避免穿着这类的鞋子驾车。

●忌围长丝巾

有些女驾驶员怕空调的凉风直吹，常常会在肩头围长丝巾，其实这是一种非常不可取的做法。行车过程中，长丝巾会随着车辆的晃动而飘忽不定，容易遮挡驾驶员的视野，造成判断失误。曾有驾驶员开车时不慎将丝巾缠绕在挡把上，一时慌神，造成事故的记录。

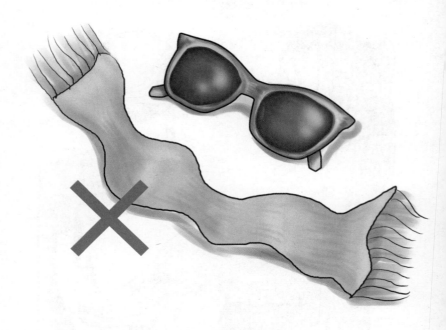

●戴深色墨镜

有的驾驶员喜欢在夏季戴墨镜驾车，认为这样既可以遮阳还很"酷"。的确，夏季沥青路面被阳光暴晒后容易产生"虚光"，戴着墨镜会相对减少阳光直射对驾驶员的视觉造成的影响，有利于驾驶员辨别路况和做出正确的行车判断。但在光线由亮变暗的时候，深色墨镜容易将路面上的障碍物和行人给"过滤"掉，而且长时间佩戴墨镜会延迟视觉信号送往大脑的时间，这种视觉延迟又会造成速度感失真，使驾驶员做出错误的判断。

秋季如何驾驶

夏去秋来，气候渐渐变凉，人的皮肤和毛细血管开始收缩，导致人出现打哈欠和疲劳的感觉，容易产生"秋乏"现象。加之，秋季的多雨多雾气候及农户把公路当晒粮场的做法等，往往成为车辆出行的安全隐患。

■秋季驾驶"四防"

●防"秋乏"

"秋乏"是随季节变化而产生的一种正常生理现象，驾驶员应保证每天8小时的充足睡眠，并加强营养和锻炼，安全行驶才能有保障。如果驾驶员不注意劳逸结合，经常超负荷驾驶，就容易诱发事故。

●防扬尘

秋季天气干燥，尘土飞扬，当前车行驶引起尘土飞扬时，后车驾驶员应适当减速，并要注意加大与行人的横向安全间距，随时准备停车避让，以免造成事故。

轻轻松松驾车

注意横向行人

保持安全车距

●防路滑

南方的秋季多雨多雾，加上路面上积聚的薄泥及落叶，在来往车辆的碾压下，会形成一层黏液，使轮胎与路面的附着力减小。因此，在这种路滑情况下行车，驾驶员不但要细心观察好路上的车辆、行人动态，还要注意与前车保持较长的距离，以中速行驶为妥。切忌熄火挂空挡滑行和急转向、急制动，以确保行车安全。

●防公路晒粮场

秋季是收获的时节，公路上不仅人多车杂，而且常常成为沿线村民晒粮的好去处。当汽车碾压公路上厚厚的稻草时，转向节、横直拉杆、传动轴、制动软管等处容易被稻草缠结，导致方向跑偏、制动失灵而发生行车事故。

打场晒粮的人也往往顾不上来往车辆，极易造成碰撞事故。因此，驾驶员必须减速慢行，谨慎驾驶，随时准备礼让和停车。

■秋季忧郁情绪影响驾驶安全

秋季日照减少，气温渐降，草枯叶落，花木凋零，驾驶员在这样的环境驾驶车辆，容易触景伤情，产生凄凉、忧郁、悲愁等伤感情绪。因此秋季开车的过程中尤其应注意放松身心，以免因情绪压抑紧张而出现忧郁症。其症状表现为失眠、疲倦、身体不适、头痛、食欲不振；病情严重的，甚至出现头痛、肚痛、恶心或晕倒。忧郁情绪会给行车安全留下隐患。

专家提醒驾驶员，经常疲劳驾驶会导致身体慢性疲劳，时间久了最容易患忧郁症。预防此病要做到保证夜间睡眠质量，早上要吃营养丰富的早餐。驾车过程不宜时间太长，更不能不间断地开车，以免身心负荷太重。除了中午休息，早上10时、下午3时也宜将车停在路边，喝口茶，休息片刻。在业余时间，驾驶员要多散步或逛街，松弛身心，同时扩大生活圈子，多和朋友交流，扩大见闻，培养兴趣、爱好，舒缓心理压力，这些都是松弛神经、预防忧郁症的良方。

冬季如何驾驶

■冬季驾驶的要领

●预热

冬季气温低，润滑油黏度增大不易流动，驾驶员启动发动机后，应让发动机保持1 100r/min左右，让车辆预热后再起步。此间不可猛踏油门踏板，也不要让发动机转速过高。预热不必等发动机温度上升到最佳温度再起步，只要温度表的指针开始上升就可以了。

●起步

冬季车辆起步一定要十分柔和缓慢，这样一方面是为了让发动机在未达到正常运转温度时的负荷尽量小，另一方面也让轮胎在没热起来还处于较硬的状态下有一个渐热的过程。

●换挡

驾驶员冬季驾车换挡要勤，要像驾驶磨合期的车一样驾驶，一定要注意挡位的选择和油离配合，挡位过低、过高都容易使车失控，在冰雪路面上行驶时这一点尤为重要。

●行驶

冬季行车，特别是刚上路时，驾驶员一定要尽量让车匀速行驶，切忌猛加油、狠减速，在有冰雪的路面上更是如此。轻柔加油，及早缓慢减速是冬季行车的原则。

●转弯

冬季驾车过弯要特别注意避开弯道内的积雪结冰，冰雪路无法避开时，驾驶员一定要尽快减挡减速，缓慢通过。车速降下来后，驾驶员应采取转大弯、走缓弯的办法，不可急转方向，更不可在弯中制动或挂空挡。

适当加大转弯半径

●制动

冬季行车制动突出一个"早"字和一个"柔"字，即便是在无冰雪的路面上行驶，冬季制动的效果也与其他季节不同，往往略有些"硬"，所以冬季驾车制动应早一些，轻踩制动踏板与减挡制动结合起来制动更好。在冰雪路上则尽量不踩制动踏板，而运用减挡让发动机制动。驾驶员上路前和停车休息再上路时，一定要试着踩几脚制动踏板，以免结冰导致制动失效。

●停车

冬季停车要注意选择地点，尽量避开坑洼潮湿处，以免积水成冰冻住车轮。另外，有冰雪时驾驶员要选择平地停车，不宜在坡地停车，以免起步困难。

■冬季驾驶需要的特殊装备

●防滑链

北方雪后出行，最好在出行之前给轮胎安好防滑链，而不要在遇到冰雪路面之后再安装，因为临时停车安装防滑链不利于安全。不要在轮胎亏气的状态下安装防滑链。

●防冻液

驾驶员应根据当地的气温情况加入不同防冻级别的防冻液，防止结冰膨胀而破坏水箱、水套、缸体等。

●备胎

驾驶员应当经常检查备胎的气压是否正常，对修补过的备胎更要注意，因为低温会使一些质量差的补胎胶失效。

●挡风玻璃专用冰雪铲、轻型铲子

冬季，由于雪、霜等原因，汽车挡风玻璃会结冰，导致影响驾驶员视线。挡风玻璃上的冰霜清除起来比较麻烦，一般的办法是打开车内热风融化玻璃上的冰霜，缺点是太耗时间。也可以往挡风玻璃上浇常温的自来水或玻璃水，但自来水不一定能很方便地取到，用玻璃水又比较浪费。

如果有一把汽车挡风玻璃专用冰雪铲，就可以很容易地解决这个问题了。另外，在轮胎被冰雪覆盖后，可以用轻型铲子挖开冰雪和泥土。

●三角木、绳子

冬季驾车难免遇到冰雪和路面极滑的时候，如果驾驶员不得已在冰雪路面的坡道中停车、起步，三角木和绳子就会派上用场。

QING QING SONG SONG JIA CHE

不同时段如何驾驶

第五章 不同时段如何驾驶

中午如何驾驶

■中午时人体的生理状态

上午11时至下午1时，经过上午的劳累，人的大脑神经已经趋于疲劳，反应灵敏度减弱。加上有些人吃饭时间不固定，有的干脆每天只吃早、晚两顿饭，中午时饥肠辘辘，腹中空空，手脚疲软。而午餐后人体内大量血液作用于胃、肠等消化器官，脑部供血相对减少，会出现短暂的困倦感和注意力不易集中的情况，因此驾驶员千万不要在这段时间疲劳驾车。

■中午驾驶"三注意"

●有午睡习惯的人避免开车

有午睡习惯的人一到午睡时间就会习惯性地犯困。开车时会感觉反应明显迟钝，即使一再提醒自己要注意，也是比较容易出现事故的。所以驾驶员要尽量避免午后开车，不管怎么样都要先小睡一会儿。

●长途出行约好同伴

长途驾车免不了疲倦，一般情况下，应当避免独自一人上路。特别是中午的时候，驾驶员要和同伴交替驾驶，轮流休息。

● 调整生物钟

其实我们都会有这样的感觉：有时体力充沛、精神饱满、思维敏捷，有时却浑身疲乏、情绪低落、思维迟缓。这就是由于人体生物钟在起作用。绝大多数人生物钟的周期大约是24小时。但是每个人的生物钟是不同的。有些人在上午觉得非常清醒，而有些人则喜欢晚上熬夜。经常需要中午驾车的驾驶员就要适当调整自己的生物钟，让自己在中午的时候精神些。

轻轻松松驾车

黄昏如何驾驶

■黄昏时人体的生理状态

黄昏时分光线由阴转暗，驾驶员容易出现视觉障碍，导致判断失误，或采取不当的驾驶措施。加上经过一天的旅途劳顿后，会出现眼干、喉燥、头晕目眩、耳鸣、出虚汗、打哈欠等一系列疲倦症状。此时如不停车休息，很容易造成交通事故。另外，行人在行走时也由于出现视觉障碍而导致观察不清，躲让过往车辆时判断不准，加之回家心切，行走速度快，也极易造成交通事故。

此时，人们多半处于回家途中，赶路心切，路上的交通流量也会加大。另外，城市中的雾气和烟尘往往会在黄昏时加重。这些路况和天气特点增加了驾驶的不利因素，驾驶员应当谨慎对待。

■黄昏时安全驾驶的要领

●降低车速

黄昏时驾驶员驾驶车辆，在处理情况时应留有较大提前量，要有意识降低车速。车速的控制以中、低速为主，在不良的视线及复杂的交通情况下，车速过快，很容易发生事故。

●及时开灯

驾驶员在黄昏时间驾驶车辆，如果感觉视线不好，观察判断困难，应马上打开车灯进行照明。城区一般以路灯开启时间为准。在有街灯照明的道路上，只须开启近光灯和小灯。

●有应对突发状况的心理准备

黄昏是事故的多发时段，驾驶员应该从心理上有所重视，认真观察道路和街道两侧的车辆及行人的动态，视情况用喇叭、灯光提醒对方，提前做好应对突发情况的准备。

夜晚如何驾驶

■夜晚驾驶前的检查

●检查灯光

夜间驾驶汽车时，驾驶员主要是靠车灯来获取信息。因此，走夜路前，要留意车上的照明设施是否齐备。要检测灯光亮度，更换进入衰退期的灯泡，消除事故隐患。检测远近灯变光，如发现此功能有问题，应及时修理。检测各种灯泡是否完好，包括大灯、小灯、雾灯、转向灯、制动灯、示宽灯、倒车灯、高位制动灯、牌照灯、危险报警灯、车内照明灯等。

轻轻松松驾车

●检查视野

汽车在夜间行驶，驾驶员要先擦净挡风玻璃。清晰的挡风玻璃会在暗夜里增强驾驶员的信心。

■夜晚驾驶的要领

夜间行车，严格控制车速是确保安全的根本措施。驾驶员要注意保持中速行驶，准备随时停车。为避免危险发生，应尽量增加跟车距离，以防止前后车相碰事故的发生。

●控制车速

夜间道路上的交通流量小，行人和自行车的干扰也相对较少，驾驶员一般比较容易高速行车。但是，夜间行车由亮处到暗处时，眼睛有一个适应过程，因此驾驶员必须降低车速。在驶经弯道、坡路、桥梁、窄路和不易看清的地方更应降低车速并随时做好制动或停车的准备。驶经繁华街道时，由于霓虹灯以及其他灯光的照射对驾驶员的视线有影响，也须低速行驶。如遇下雨、下雪和起雾等恶劣的天气时，更须低速小心行驶。

●增加跟车距离

驾驶员在夜间行车时，视线不如白天时开阔，为此，驾驶员必须准备随时减速、停车。在这种情况下，为避免危险，要注意适当增加跟车距离，以防止前后车相碰撞的事故发生。

●尽量避免超车

超车前驾驶员要观察被超车辆右侧是否有障碍物，以免超车时，被超车辆向左侧避让障碍物而发生碰撞。必须超车时，驾驶员应事先连续变换远、近灯光告知前车，在确实判定可以超越后，再进行超车。

●会车注意右侧非机动车

夜间会车时，驾驶员要注意右侧行人和自行车。与对面来车相距150m时，应将远光灯变为近光灯。这既是行车礼貌，也是行车安全的保证。如果遇到对方不改用近光，应立即减速并用连续变换远近光的办法来示意对方。如果对方仍不改变，感觉灯光刺眼无法辨别路面时，应靠边停车，千万不要赌气以强光对射。

●克服疲劳驾驶

夜间行车时，由于不能见到道路两旁的景观，对驾驶员兴奋性刺激小，加上生物钟的作用，夜间特别是午夜以后行车驾驶员最容易疲劳、瞌睡。可以用经常改变远近灯光的办法，一方面提高其他车辆的注意，另一方面也有助于减轻视觉疲劳。驾驶员感觉太疲劳时应停车休息，不要强行赶夜路。

■夜晚驾驶的技巧

●出入胡同看灯光

在城区行车经常会走狭窄的胡同和交叉的路口，常有车辆或行人突然从胡同内出来，如果驾驶员不能及时发现并采取措施，就极易发生危险。如果驾驶员能注意观察胡同内驶出车辆的灯光就可以避免事故的发生。

驾驶员如果发现胡同中有灯光直射出来，说明有车辆要从胡同内驶出。根据灯光的亮度和灯光的高度可以判断出车辆的大小。灯光亮、高度低的为小轿车，灯光暗、位置高的为大型车。这时驾驶员应减速，交替使用远、近灯光提醒对方。

●影子闪烁须防行人

如果灯光中有影子闪烁，说明其汽车前还有行人或骑车人，且距离路口已很近了。为防止行人的突然出现一定要提前减速，不要心存侥幸，以免造成事故。

●没有护栏减速让行

很多混合车道没有中心护栏，驾驶员往往因对面车辆的灯光而产生盲点。这时，就要注意减速通过，当车前灯光发生变化时，说明车前有人移动通过。

●进出主路先看车灯

为了提高道路的通行能力，城市中建设了很多设有主辅路的道路。在夜间行驶到主辅路进出口时，注意观察进出口处有无灯光照射。如果有，则表明有车辆要从主路驶出或从辅路驶入。因为交通部门设计的进、出口方向与主、辅路方向是有一定角度的，正常行驶的车辆灯光不可能直射出来，只有进、出主、辅路的车辆灯光才可以直射以便被其他车辆发现。

●有效利用他车灯光

驾驶员可以通过对面驶来车辆灯光的上下波动判断前方路面的平整度，也可以利用前车尾部反射的灯光观察发现本车前照灯是否有缺损。驾驶员在晚间驾驶车辆时，有效地利用其他车辆灯光，可以提高驾驶员判断能力，避免交通事故的发生。

QING QING SONG SONG JIA CHE

不同天气如何驾驶

6

第六章 不同天气如何驾驶

大风天如何驾驶

大风是很多城市春季不可避免的天气，在大风天气中行车，也是对新驾驶员技术的一种考验。所以，在大风天气集中的季节来临之前，驾驶员还是要提早检查一下车窗的密封胶条是否有老化、脱胶、开裂现象，提早更换，这样，风起时扬起的尘沙就不会很容易进入车内，以免弄得驾驶员灰头土脸，对车内电器也会造成损害。要紧闭车窗，如果开空调也只使用内部循环，不要与外界有气体交换。

■大风天驾驶的注意事项

●注意喇叭作用弱化

在大风天，车辆的喇叭就显得不那么管用了。行人的注意力更多地集中在自身如何克服风力的行走上。而且当风力较大时，风声也会减弱喇叭声音，对行人及其他车辆驾驶员不能起到较好的提醒作用。因此驾驶员在风中行车要比平常更为谨慎，速度更为缓慢。集中精力驾驶车辆，严密注意行人的动向，尤其要特别注意那些用东西包头走路或狂奔乱跑的人，防止他们只顾行路而忽视了机动车辆。

●注意自行车和畜力车的动向

大风会让骑自行车的人更加费力地蹬车，也会使牲畜惊慌，所以驾驶员应该注意低头骑车者和被大风吹得惊恐的牲畜，坚持中低速度行驶，随时准备制动停车，以此防备那些突然闯入机动车道的人或牲畜。

●注意沙尘和吹落的物体

大风天行车，驾驶员要尽量把车窗玻璃摇紧，防止沙尘飞进驾驶室影响驾驶员的呼吸和观察，还要防止被吹落物体击中时引发的惊慌。

■大风天驾驶的"三防"

●防被落物砸伤

驾驶员在大风天停车要特别注意，风中停车关键的是防止被"天外来客"砸伤，为此要避免将车停放在阳台窗户等位置，远离那些枯树危墙。这些停车时的经验也适用于行车途中。风中行车除了减速外，也不要太靠近楼房或满载货物的卡车。

●防雨刷器刮伤挡风玻璃

大风天造成的麻烦不仅体现在行车和停车中，在清理车辆时也要格外小心，尤其是雨刷器。在风沙天会有沙粒积在橡胶条和挡风玻璃之间，如果不加清理就使用雨刷器，这些沙粒就成了"研磨剂"，会损坏挡风玻璃表面。

● 防侧向风

城市街道以及两幢大楼之间，风速会明显加大，因此，在穿越高楼之间或狭长通道时要特别小心。大风天气中，小型车要特别注意大型货车行驶中产生的侧向风，驾驶员可以小幅度地打转向盘，修正车的前进方向，千万不能大幅度地转动转向盘。

雾天如何驾驶

■雾天安全行驶守则

● 保持车况良好

驾驶员在雾天行车，要充分了解行车路线，掌握雾天的变化规律，做到心中有数，才能"临雾不乱"。因此，出车前必须严格检查车辆，如雨刷器、雾灯、大灯、制动灯、喇叭等必须完好无损。其次，玻璃要洗干净，并检查玻璃水喷射装置是否工作良好，挡风玻璃处的出风口是否通畅，绝对不能马虎或存有半点侥幸心理。

● 正确使用灯光

因为雾天能见度低，驾驶员视线受到限制，灯光可以提高行车的安全系数，特别是黄色雾灯的光穿透力强，可以提高驾驶员与周围交通参与者的辨识度，使对面来车和行人在较远处发现自己。

雾天行驶，必须做到各行其道，绝不允许侵占对方路线或超越其他车，这一点对雾天行驶尤其重要。

轻轻松松驾车

●控制合理车速，保持适当车距

行车时驾驶员必须控制车速，保持适当的车距，不能违章行驶。特别是雾天，能见度低，盲区大，加上车辆运行引起的视线误差，不安全因素大大增加。

●保持较高的警惕心理

驾驶员在雾天开车，随时都要保持警惕，绝对不能有麻痹思想，始终保持正常的心理状态和高度的注意力，正确判断各种车辆的动态，做到礼让三先，宁停三分，不抢一秒。

●雾天不得随意停车

在雾天行驶，由于能见度差，特别是山区弯道多、路窄，驾驶员绝对不能随意停车。如发生故障确实需要停车时，驾驶员应立即打开危险信号灯，将车辆移至路肩或安全处，并在100m外，设立警示标志，提醒过往驾驶员注意。

■雾天驾驶"四注意"

●及时开启大灯和雾灯

由于雾天使驾驶员的视线模糊不清，难以判断对面来车和路面上行人的状况。所以，在能见度小于1km时，驾驶员必须开大灯和后雾灯。开大灯不仅是为了看清前车，更重要的是提醒前车，否则前车在雾大时并线前很难发现后面有车，容易造成后车追尾。

●雾天不能开远光灯

因为远光灯的设计是大面积照射，容易在雾里造成散射，一旦打开大灯，就会在驾驶员眼前造成散射光团，一片雪白，反而看不清前方。

●利用分道线看路

当雾很大的时候，驾驶员可以利用有限的视距，借助路上的车辆分道线行驶，以保证行车路线不会偏离。

●注意前后车距

驾驶员如果发现后车跟得太近，可以轻点几下制动，但不能真的制动，只是让制动灯亮起，用以提醒后车驾驶员应注意保持适当车距。同时，一定要严格按车辆分道线行驶，不要骑在标志线上长距离行车。雾中行车，驾驶员还必须时刻注意车速与可视距离，要根据实际情况，随时做出正确的判断和反应。

阴雨天如何驾驶

■行车前的必要检查

●检查雨刷器

雨刷器对视线的影响不可低估，尤其是夜间行车又逢雨大时。一对已经磨得过旧的雨刷器会让驾驶员在雨中不知所措。

●检查轮胎

雨季时，轮胎花纹的深度绝不能少于2~3mm，以利于轮胎抓地。同时，还要保持适当的胎压，许多人知道胎压过高容易打滑，其实胎压过低也会加剧打滑的程度。有人每逢雨季，便将胎压降低一些，使轮胎和地面间摩擦面积增大，进而增大附着力，这个看似有效的方法其实适得其反。因为每个轮胎所承受的车重一定，触地面积的增加，会降低每单位面积轮胎对地面的压力，如此一来，排除轮胎与地面形成水膜的力量会减弱，因而这层有润滑作用的水膜会使轮胎更容易打滑。

■雨中驾驶"六注意"

●保持车距、控制车速

车速过快是造成车辆发生交通事故的主要原因之一，尤其下雨天，道路较滑，轮胎的附着力下降。如果车速过快，惯性力增加，遇到紧急情况制动时，制动距离比良好天气时长20%~40%，制动效果明显下降，发生事故的机会增多。雨天驾车不要高速过水沟、水坑，这样会产生飞溅的水花，导致实际涉水深度加大，容易造成发动机进水。

●见到积水不要左闪右避

看到水就闪，或者马上踩制动踏板放慢速度，左闪右避，实际上会令后面的驾驶员不知道该怎么反应，很容易发生意外。汽车涉水时一定要控制住油门，千万不可猛踩油门让发动机负荷在短时间内猛增，这样会使水的阻力增大，轮胎打滑，还可能会因发动机进气量猛增而将水滴吸入。水深大约15cm，只要用正常的车速就行。

●越过沟坎和下坡时防止失控

驾驶员一旦感觉车辆失控，要先保持镇定，不要踩制动踏板，也不要乱打转向盘，而应及时收油，踩下离合器踏板保持原状跑一小段路，等轮子重新着地，马上控制方向。

●涉水最深不要超过前保险杠

如果涉水深度超过发动机舱盖，建议不要再行驶，立即熄火停车。因为大多数车辆的发动机进气口的位置就在保险杠上面一点，如果继续行驶，就容易因为发动机吸入水滴而发生"气门顶"。如果过水时熄火，千万不要尝试再启动车辆。

●及时开灯

　　雨夜、阴天行车，驾驶员要及时打开夜间行车灯，防止后面的车追尾，也给前面的车提示出自己车辆的位置和动向。

●雨后清洗底盘

　　在汽车护理项目中，底盘护理是最容易被驾驶员忽视的。阴雨天气，道路泥泞，大量泥水溅到汽车底盘上，很难清洗干净，用不了多久，就会出现底盘被侵蚀氧化、生锈，因此，驾驶员一定要注意汽车底盘的清洁防锈处理。

冰雪天如何驾驶

　　汽车在冰雪道路上行驶，由于路面的附着力减小，制动距离增大，车辆的抗滑力几乎等于零，极小的力作用在车轮上就会引起溜滑，因此，冰雪天时，驾驶员重要的是做好防滑工作。

■冰雪天驾驶的安全措施

●慢行和提前制动

雪天行车，首要是慢，其次是和前车保持足够的距离，再就是要提前制动。当驾驶员发现和前车的距离在缩短，应当马上收油减速并将脚放在制动踏板上准备制动，千万别有侥幸心理，麻痹大意。

●行驶中不能摘挡制动

挂着挡制动可以借助发动机的减速作用更快地降低车速。而没有ABS的车，摘挡制动时很容易导致轮胎抱死。如果前轮抱死则对行进方向失去控制能力，车会向惯性方向移动，那时候驾驶员再操纵转向盘没有任何用处；如果后轮抱死，车身则会横向甩尾，方向更没法控制。即便是挂着挡制动，驾驶员也不要一下将制动踏板踩死，而是要逐渐加力。

●利用减挡降速

如果速度较高或需要尽快制动，驾驶员可以在减挡的同时制动，比如：

挡位在4挡，先将右脚从油门踏板松开放在制动踏板上，左脚迅速踩离合器踏板，迅速将挡位换到3挡，遇紧急情况可以直接从4挡换到2挡甚至1挡，然后抬离合器踏板，离合器接合后右脚踩下制动踏板，但不要一下踩死，如果感觉车轮抱死，立即松开制动踏板再踩，力度依旧是逐渐增加。

●避免过分紧张

雪天行车多加小心是对的，但驾驶员也不要盲目紧张，以免在遇到紧急情况时因为慌乱或呆滞失去反应，无法迅速处理情况。放松心情，减速行驶，行驶中注意前方和三个后视镜，并注意左右两侧的车辆，做到心中有数。

●起步时不加油

雪天行车，在结冰路面上单人驾车起步的时候可不加油，慢慢抬离合，车是可以起步的。如果起步时加油，车轮扭力就比较大，由于车轮和路面的附着力小，车轮有可能空转，反而不容易起步。而且由于有差速器，两个前轮驱动力并不完全一致，车移动方向会向驱动力大的车轮相反的方向跑偏。

●准备一块擦玻璃的棉布

雪天行车，驾驶员要在手边预备一块棉布，可在停车时擦拭车窗内侧雾气和内后视镜，保持良好的视线。如果有条件，可以在车内玻璃上涂抹防雾剂以减少结雾。

●检查雨刷器，加足玻璃水

雪天行车前驾驶员要检查雨刷器和玻璃水是否正常。车顶的雪在溶化后会从挡风玻璃流下来，可以用雨刷器刷干净。在泥泞的路上行驶，前车甩起来的泥点会溅到挡风玻璃，要及时喷玻璃水，然后用雨刷器刷干净以保持良好的视线。

■冰雪天驾驶"五注意"

●准备好防滑用具

行车前要准备好铁锹、镐头、三角木等防滑用具。如果路面已经有明显的积雪，驾驶员就要给轮胎套上防滑链。行车时，驾驶员要集中精力，谨慎驾驶，发现情况提前处理。

●平稳起步

由于冰雪路面附着力小，驱动轮容易打滑，在起步时，离合器应该在半联结状态下稍加停留，油门配合要适中，使发动机在不熄火的条件下，输出较少的动力，以减少驱动轮的扭力，适应较小的附着力，避免起步打滑。

●车速适中

驾驶员应根据车辆的技术状况、路面状况和自己的驾驶水平掌握好车速，合理使用挡位，换挡动作要准确、迅速、平稳。车辆上坡时驾驶员要根据坡度，采用比正常情况低一级的挡位，减挡时要较平时提前；下坡时主要靠发动机控制车速；转弯时应放慢车速。

●正确使用制动

驾驶员在制动时，动作应该轻柔，缓缓踏下制动踏板，当身体稍有前倾的感觉时，保持踏板位置或抬起少许，以消除车辆前冲的惯性力，千万不可使用紧急制动。

●陷入泥泞要正确解决

当车辆陷入冰雪或泥泞车辙中，以致车轮滑转时，驾驶员要设法降低轮胎气压，可以获得较大的附着力，以摆脱困境。当汽车驶出陷车处时，驾驶员应立即将轮胎充气至正常。有时也可找一块呢绒织物或地毯由前方塞入失去附着力的轮胎下面，而驶出陷车处。

QING QING SONG SONG JIA CHE

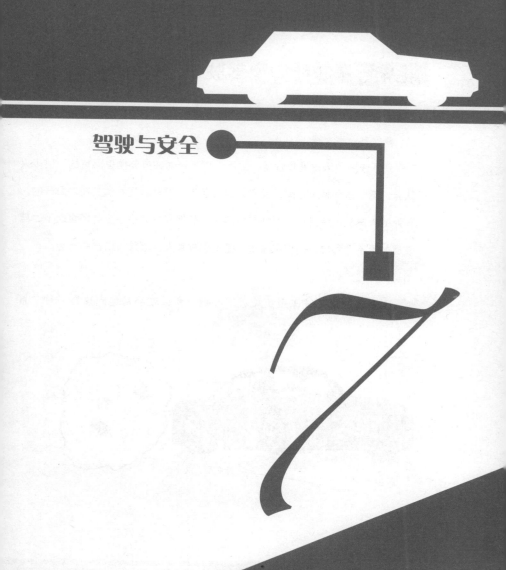

驾驶与安全

7

轻轻松松驾车

第七章 驾驶与安全

礼貌行车和防御型驾驶

■行车也要讲礼貌

●仪容仪表文明

对于仪容仪表的礼仪规范，绝不仅仅是针对在办公楼里而言的。很多人认为，驾驶室是私人空间，没有必要太在意。但是，既然车是在外面开的，车外的人透过车窗就可以看到车内的人，那驾驶室就是在公共场合之下，驾驶员如果不注意自己的仪容仪表，是不尊重别人、不尊重自己的行为。

●行为文明

很多人知道不往车里扔垃圾、吐痰，所以就经常见到这样一种"景

象"：摇开车窗，把垃圾或痰处理到了窗外，然后继续心安理得地开车。其实，往车外扔东西或吐痰，是非常不文明的行为，这和在路上往地上扔垃圾或吐痰的行为没有区别。

开车时，驾驶员如果需接打手机，必须先择路停车，以保证自己和别人的安全。在加油站加油的时候，不论多紧急的事情，都不要接打电话。

如果后排座坐着其他人，特别是异性朋友，驾驶员不要通过车内后视镜"窥探"，因为通过后视镜折视过去的眼神由于角度不同，与平常的眼神有很大不同，会让人觉得不舒服。

加油时不要接打电话

汽油

当遇到红绿灯路口时，驾驶员要严格遵守交通规则，不要停在斑马线上，以免给行人带来不便。即使交通灯已经转变为绿色，也不要和行人抢路，以免发生意外。

当遇到雨天或经过水坑的时候，驾驶员一定要注意减速、避让，不要因快速行驶而使泥水溅到行人的身上。

当遇到交通堵塞时，许多驾驶员会在短时间内频繁地按喇叭，这是非常不礼貌的行为，因为按喇叭对于疏缓交通无济于事，还会让人更加烦躁。

■养成防御型驾驶的心态

防御型驾驶，就是将所有交通参与者都想像成随时可能违规的人，在开车时给自己留下较大的处置意外情况的空间的驾驶方法。

●安全意识：最好的安全装置

驾驶员不要过分迷信车辆的任何安全装置，它们虽然能大大提高车辆的安全性能，但并不能确保万无一失。其实如果驾驶员有很强的安全意识，就已经拥有了最好的安全装置。如果驾驶员能随时遵守交通规则，采用防御驾驶法，那么也就拥有了安全。

当驾驶员超越一辆停靠在路边的公共汽车时，要想到公共汽车前面很有可能会跑出刚下车的乘客，因此要采取拉大与公共汽车的侧向距离、降低车速、鸣喇叭（在非禁鸣喇叭地区）等防范措施。

看见一辆尾随自己的汽车在自己车内后视镜中消失，又未在左右后视镜中出现时，驾驶员要警惕他正在超越自己的汽车，此时需保持在自己车道行驶，不要盲目变线。

●保持良好车况

保持良好的车况是安全驾驶的先决条件，特别是制动系统，转向、灯光信号系统等与车辆安全直接关联的部分要时刻保证处于正常状态。雨刷器、车窗除霜、除雾装置、后视镜等附件不能有任何毛病。安全带、气囊、ABS、EBD、ESP等被动、主动安全装置当然也不例外。轮胎、悬挂系统事关安全，需经常检查其"身体状况"，如有不良，需要及时处理。

●了解车辆性能

驾驶员要熟悉自己所驾车辆的性能，即使是借车或租车，也应当在路况允许的情况下试试制动、加速、转向等主要性能，这对于处置紧急情况相当重要。不同型号的车辆在性能方面可能截然不同，例如驾驶员驾驶一辆重心低，而且轮距宽的轿车可以从容地高速变线躲避障碍，但是如果驾驶员驾驶一辆重心较高的越野车则可能就会出现侧翻的危险，此时紧急制动才是避开障碍的更好办法。

●遵守交通规则

没有规矩不成方圆，良好的交通环境需要大家来共同创造，违章驾驶、鲁莽行车并不是勇气的体现，在给别人带来不便或危险的同时，自己也承担了很大的风险。

违章行为中，最具危险性的行为是"超速"。"十次车祸九次快"的说法并不是空穴来风，超速行驶令汽车动能增加，让驾驶员对意外情况的处置时间变短，而且车辆制动距离增加，稳定性变差，危险因此而增加。此外，闯红灯、逆行、越双实线行驶、违章掉头、变线不打转向灯等都是危险系数比较高的违规动作，虽然能够给自己带来一时的方便或者短暂的优越感，但是很容易"害人害己"。所以，驾驶员一定要遵守交通规则。

● 时刻控制好车辆

驾驶员千万不要让车辆处于自己掌控不了的状态，如果开车的时候已经心跳加速或者手心冒汗，不妨换一种轻松一点的节奏或者方式驾车，或者干脆下车休息一下。

● 及时让别人了解自己的行车意图

正确使用信号灯向别人示意自己的驾驶意图。驾驶员要在实现自己的意图之前就要示意，不要边进行动作边示意，例如已经开始并线才开启转向灯，这样容易让别人措手不及。另外，在能见度低的情况下让别人尽早地发现或注意自己也可以提高安全性，例如在天色昏暗的情况下打开车灯；在后车跟车太近的情况下轻踩制动，用制动灯来提醒后车驾驶员等。

公路边停车

■路边暂时停车要注意安全

● 提前给出提示信号

如果是在城区道路行驶过程中需要在路边停车，驾驶员首先要通过转向灯示意后车，并通过后视镜观察后车情况以及侧后方车辆行驶情况，然后减慢车速向路边缓缓靠拢。

轻轻松松驾车

●切勿违章停车

驾驶员在路边停车一定要注意是否有停车泊位，尤其是在城区更是应该遵守停车规章。在没有停车泊位的地方停车，会因为违章停车而受到交通处罚。逆向停车也会收到交通违章处罚单。

●停车前看清车位情况

如果路边可以停放车辆，驾驶员一定要仔细观察车位情况，看车位前后有无障碍物。此时危险的障碍物不是高大的建筑或树木，而是低矮的固定物体，诸如石礅、立柱等，驾驶员停车时一定要对此类物体加以小心。

●远离危险物停车

如果车辆停在固定物附近，驾驶员一定要注意固定物的坚固程度。如是临时物体，则有可能因为意外倒塌而对旁边所停车辆造成损害。

■路边停车入位的技巧

●前进式入位

1）驾驶员在缓慢前行中先将转向盘向右转1圈半左右，当右前轮越过车位外侧线1/3~1/2时，就立即向左转。

2）当车头接近前车车尾时，驾驶员挂倒挡，向右转动转向盘倒车，当从右后视镜中看不到道牙时，迅速向左转动转向盘接近极限位置并继续倒车。

3）当驾驶员从左侧后视镜中观察到车尾左侧与后车左前角对齐后，回转转向盘并停车。这时车应该在车位偏后的位置，即使不正也相差不远，而且前方还留出一定的距离。

4）驾驶员驾车向前缓慢行驶并调整一下转向盘的角度，使车停在车位正中，前后留有适当的距离。

●后退式入位

1）驾驶员先将车前行越过车位与前车平齐，两车之间的距离视车位长短以及路面宽度而定。

2）驾驶员向右转动转向盘接近极限并向后倒车，直到车的右前角接近前车左后角时，将转向盘开始往回转。开始时，转向盘回转速度慢一些，当车头越过前车后保险杠后，将转向盘向左转至接近极限。

3）驾驶员从左后视镜观察，车尾左侧与后车左前角对齐后，迅速将转向盘回正并停车，然后稍微修正一下，将车停放在车位中间。

带小孩或宠物驾车

■如何带宝宝驾车

●在后排座椅上安装儿童座椅

如果出现意外事故，安全气囊膨胀展开，婴幼儿很容易受伤甚至身亡，

所以婴儿座椅就得安装在后排座椅上。年龄小的儿童应尽可能使用后向座椅，当儿童的体重达到座椅限定重量时或其头部超出座椅顶端时可以换成前向座椅。

●安全带的系法要正确

座椅的安全带须跨过儿童的肩膀和胸部，要把有空隙的地方拉紧，空隙越少，安全带就越能更好地保护佩戴者。安全带贴紧儿童的颈部不会有大碍，这样可能看起来不太舒服，但是如果发生交通事故，儿童是不会被它勒住的。

在任何情况下儿童乘车时，驾驶员都不应该让安全带系在其胳膊下，因

为这样可能会在事故发生时起不到防护的作用。腿部安全带须从儿童臀部下穿过去，再到大腿顶部，并确保它被紧紧地系在软垫两边的触角式的保护装备上，否则安全带也有可能在交通事故中滑向儿童的腹部，造成内部受伤。

● 慎重选择车内装饰

车内装饰绝对不能有尖锐的和硬的东西，这样才能保证在发生事故时儿童不会因为撞击到它们而受伤害。此外，有些情况对成人也许构不成伤害，但可能伤害到婴幼儿，如放置在车前面的香水、装饰用小宠物，若粘附不牢，一旦被猛烈追尾就会向内弹射，高度往往正好是孩子头部的位置。

● 切记锁好儿童安全锁

如有儿童乘车，驾驶员应关闭车窗，锁好儿童安全锁。安全锁通常在后门锁鼻的位置，锁上之后儿童无法从车内打开车门。

■带宠物驾车时的注意事项

行车过程中，宠物也是个大问题。且不说宠物掉毛会影响车内的卫生，有些宠物因为从来没乘过车而受到惊吓，或者是过于活泼的宠物，有可能在车内乱蹿乱跳，直接影响到行车的安全。

另外，很多因素都会促使宠物产生"激动情绪"，比如光照、大街上喧闹的声音等等。既便是行车过程中宠物老老实实地呆在后座上也依然会存在问题，因为如果一旦紧急制动，宠物就会像一枚炮弹一样撞向前方，这是相当危险的。解决这个问题的方法是给宠物准备一个安全座垫或者犬箱之类的东西，不让其随意走动。另外，驾驶员也不能把宠物抱在身上。如果宠物的体积过大，用不了专用笼具，可以把宠物拴在后座上，绳索固定后的长度必须保证宠物无法干扰驾驶，同时，驾驶员一定要关闭车窗。

独自开车时的安全

行车时的人身安全一直是备受关注的问题，尤其是对独自上路的驾驶员而言，需要注意的问题更多。

■和人身安全有关的事项

● 贴用质量好的防爆膜

车辆的玻璃要使用品质好的单向透光车窗膜，保证从外面看不到车内。

最好同时具备防爆、防砸功能。

●养成随时上锁的习惯

驾驶员上车后，先锁好所有车门；车未启动前，不要打开车窗；车启动后，车窗不要大开。随身背包最好放在地板上，以免被车外的不法分子看到。手机应放在拿取方便的地方，以便发生意外后快速报警。

●记好应急电话

驾驶员要随身携带应急电话号码，车辆出现故障不要直接拦车求助，可以打电话通知朋友或者熟悉的修理厂。

●不搭载陌生人

夜间单独开车时，驾驶员不要停车和陌生人说话。等信号时，注意观察周围情况，如果有人敲打门窗或过来搭讪，不要理睬。遇到故意制造刮蹭事故的人，驾驶员不要轻易下车，可以关闭好门窗后，在车内用手机报警。

●选择安全的地点停车

尽量选择地面停车场，并尽量把车辆停在管理人员附近。如地面无法停车，可选择管理良好、有照明设备的地下车库。避免在河边、水沟边、树林里和没有路灯的路边停车。驾驶员切记锁好车门，在没有确认环境安全时，不要熄灭发动机。

●存取车时注意可疑人物

停车时，驾驶员应注意有无可疑人物，确认安全后再下车。停车离开时要带走驾驶室和后备厢中的贵重物品。回到停车场，也要注意有无可疑人物，如有可疑人物在自己的车边，不要急于上车，可以先观察管理人员的位置，确保安全再去开车。

■歹徒上车后的应对

如果不慎导致歹徒已经上车，驾驶员可以采取以下方法自救：

首先，就是要冷静，记住对方特征。歹徒如要财物，就给他财物，歹徒下车后，迅速驶离并报警。

如果歹徒逼迫开车，驾驶员可以先系好安全带，然后在路人比较多的路段采用故意违章或碰撞的方法引起交警或路人的注意。

如果是在偏僻的路段，一时得不到别人帮助的话，驾驶员可以采取牺牲法，即先系好安全带，然后选择让自己受伤最轻的角度向路边的障碍物撞去，尽可能让歹徒受到重创，然后伺机脱险。

驾车女士的自我防护

■女士长期驾车容易出现的问题

●影响皮肤

每天驾车穿梭在繁华都市，城市里大气污染比较严重，会直接影响女性驾驶员的皮肤、头发，还会影响呼吸系统，引起疾病。车内干燥的环境，会使肤色发暗，缺水，毛孔变大。车内的装饰物可能含有的各种有毒物质，会对驾驶员的皮肤有刺激作用，使得皮肤逐渐变得粗糙，并影响健康。

●影响身材

驾车时手部运动较多，会造成女性驾驶员手臂粗大。驾车时长期处于震动和摇晃之中，会使得臀部肌肉容易松弛。驾车时长期保持单一姿势，坐的时间过久，会使得腰部受力最大，久而久之，腰部肌肉会变得丰厚。有些女性驾驶员驾车时习惯于身体前倾，久而久之，身体自然就不挺拔了。

●影响内分泌

驾车时精神紧张，容易造成女性驾驶员内分泌失调，脸上出现"小痘痘"，情绪也更加容易烦躁不安。

■驾车女士的自我保健

●不要依赖驾车

在休息日或不是必须开车出门的时候，尽量以步代车，既支持了环保，同时步行也是一种很不错的锻炼方式。

●减少使用车内空调

　　女性驾驶员不要长时间开空调冷风。许多女驾驶员在夏天开车喜欢穿短裙，如果这个时候再开很冷的空调，容易使女驾驶员患风湿性关节炎或感冒。即使需要开空调，也要避免冷风对着膝盖直吹。

●要注意皮肤养护

　　不要以为车辆贴了防爆膜，光线就不会损伤皮肤了。经常驾车的女士要注意日常运动，尽量减少日光曝晒时间，并随时补充皮肤水分，多使用一些保湿的化妆品，保持皮肤弹性，防止过分干燥。

●不宜长时间驾车

　　女性的尿道比较短，细菌很容易侵入，而且女性的外阴部汗腺特别丰

多喝水

富，长时间驾车会使外阴局部长时间潮湿，细菌会大量繁殖并侵害女性身体，导致出现尿急、尿痛等症状，这种病状在夏天尤其突出。因此女性驾驶员应该有意控制驾车时间，并进行身体锻炼，增强自身体质。

●忌憋尿，多喝水

憋尿会造成盆腔充血，引发尿道炎。多喝水可以稀释尿液，能有效冲洗尿道，及时将细菌等有害物质冲走，减少感染尿道炎的几率。经常驾车的女士要养成车内常备饮料的习惯。

女士驾车误区

■车并不是开得越慢越安全

很多女性驾驶员认为，小心慢慢开总是比较安全。其实这是错误且相当危险的，因为正确的行车速度应该依照不同的路段、车流的速度而定。

如果女性驾驶员不敢开快车，就不要占着快车道行驶，在快速道路上车速过慢往往会引来更多的车超车，增加了危险因素。同时，车速太慢也给自己安全变道带来很多麻烦，因为相邻车道上的车速度都比自己的车速快时，要变道就容易被后面的车追尾。和路上大多数车保持相近的速度行驶才是比较安全的。

■不要用个性换安全

细心的女性驾驶员往往为了让自己更舒适，车里添置的东西就越来越多。不少女性驾驶员喜欢可爱的小饰物，将其挂得满车都是。小饰物不是不可以挂，但要以不影响驾驶的视线为前提。如后窗或侧窗上挂满了充满个性的小饰物，关键时刻就因为只看到了小饰物的可爱，却看不见袭来的危险。

因此安全第一，挂小饰物要适量。如果挂件过大，还会影响驾驶员的视线，造成安全隐患。

此外，不仅仅是饰物会影响行车安全，车内的卡通玩具、罐装饮料、手机等等，如果不放置稳妥，一旦跌落到驾驶座下，都可能滚到踏板下，进而影响制动。

后挡风玻璃前的平台上不要放书籍、雨伞、文件夹等物件。这些物件虽轻，可当汽车以50km/h的速度发生碰撞时，平台上3~5kg的物体会以400~450N的力（相当于40~50kg物体的质量）撞击后座乘客的后脑。

还需要注意的是，一些小饰品有可能会对汽车造成损害。汽车在烈日曝晒后，车内温度很高，可达到70℃以上，类似于清新剂、香水之类的物品可能受热发生爆炸，造成汽车挡风玻璃损坏。

QING QING SONG SONG JIA CHE

意外情况的应急处理

8

第八章 意外情况的应急处理

制动失灵

■下坡时制动失灵的应对

●打开应急灯

下坡时一旦出现制动失灵，驾驶员要及时打开大灯和紧急信号灯，以警示其他车辆注意避让，必要时要间断急促地鸣笛，以引起其他车辆和行人的注意。

●拉驻车制动手柄制动

如果车速不是太快，驾驶员可以试着先拉驻车制动，看看是否能把车速降下来。拉驻车制动时驾驶员一定要注意，不要拉得过快、过死。如果一把拉死驻车制动，由于车速、惯性等原因，很可能将驻车制动的钢丝绳绷断，这就陷入了更大的困境。所以，驾驶员一定要缓缓用力，慢慢地将驻车制动拉死，如果没有效果，再想其他办法。

●"抢挡"制动

拉驻车制动没有效果，驾驶员就要尝试"抢挡"，看看能不能将挡位从高挡抢到低挡。因为下坡时车速越来越快，变速箱已经很难开合，踩下离合器踏板然后直接退挡的方式大多很难操作，这时可以试着用"两脚油门"换挡法。具体步骤是狠踩油门，提高发动机转速，然后退至空挡，再踩一下油门，挂入低挡位，借助发动机的牵阻作用使车速慢下来，再配合驻车制动的使用，慢慢将车子停下。

●刮蹭障碍物制动

如果还没有作用，低挡抢不进去的话，驾驶员也不要慌，要认真观察路况，寻找路边坚实的障碍物，将车子慢慢开向路边，两手紧握转向盘，将车身慢慢蹭向障碍物，利用车身和障碍物的摩擦力实现减速停车。

利用这种办法减速停车时，要让整个车身一侧和障碍物刮蹭。同时，驾驶员还要注意一点，两手一定要握紧转向盘，以免转向盘抖动，打伤手骨。

如果障碍物在路的左边，为了保护自身，驾驶员不要直接打转向盘靠近。而是要靠一点，转向盘又回打一点，让车子重新回到路面，再往障碍物上靠一点，又回拉一下，以免一次靠死，使驾驶室受撞击变形，对驾驶员造成伤害。

●利用松软路面停车

如果路边没有足以摩擦停车的障碍物，而车速又越来越快，一时无法停下，在路上难免碰到前车，这时危险也就更大了，驾驶员必须时刻注意鸣笛，让前方的行人或车辆让出足够的道路，先驾车冲过去，找路面较软的地点，如沙滩等，强制停下来。

■平直路面制动失灵的应对

如果在平直路面上发现制动失灵，驾驶员只要收油门，掌好转向盘，再配合驻车制动的运用，慢慢将车子停下就可以了，切记不要慌乱。

■上坡时制动失灵的应对

如果是上坡，驾驶员只要收油门，车就会停下。不过，这时候要注意，虽然上坡肯定是挂着挡的，但也要防止后溜。所以驾驶员要注意后车动向，尽量控制好方向。如果后车跟得比较紧的话，可以再加点油，然后靠边停车。

方向失灵

■方向失灵的应对

●打开信号灯

一旦发现方向失灵，驾驶员应该马上打开危险警示灯，同时用大灯和喇叭警告路人和其他车辆。

●适时进行制动

驾驶员遇到方向忽然失灵不要惊慌，而要沉着冷静。先试一下制动是否正常，只要制动还正常，就先控制车速，让汽车在尽可能短的距离内停住。

但是，如果在汽车高速行驶的过程中出现方向突然失灵，驾驶员不能使用紧急制动，否则很容易造成翻车事故。

驾驶员遇到这种情况时，正确的做法是立即松开油门踏板，挂入低速挡位，均匀用力、反复间歇拉紧驻车制动，当车速明显下降时再使用制动踏板。

●跳车

如果在山区的弯道上出现方向失灵，驾驶员最好是优先考虑跳车。先打开中控锁，选择一段相对安全的路面翻滚下车，可以尽可能减轻受伤的程度。

■日常对方向系统功能的检查

●注意转向盘的感觉

驾驶员在平时一旦察觉转向盘的自由间隙过大、行使过程中车辆跑偏、前轮摇摆或转向盘突然有明显的轻飘感等情况时，要立即采取检修措施。

●恶劣路况之后的检查

通过状况恶劣的道路或是汽车发生剧烈颠簸后，驾驶员要在安全的地方停车检查一下转向机构部件，看是否有异常的情况出现。

行驶中爆胎

■行驶中爆胎的应对

●控制好方向

汽车在行驶中如果轮胎突然爆胎，车辆往往会急速摇摆。驾驶员应掌握好转向盘，控制车辆的行驶方向，同时迅速松开油门踏板，让汽车减速。当发动机的牵阻作用控制住车速后，驾驶员可以轻轻地使用驻车制动，慢慢地刹住汽车。不要使用紧急制动，因为紧急制动将会加大转向盘的摇摆程度，汽车有失控的危险。

●掌握多种紧急制动技巧

制动失效是爆胎后常见的故障，如果汽车在下坡时制动失效，驾驶员不能利用车辆本身的制动机构控制车速时，应当果断地利用天然障碍物，如路旁的岩石、大树等，通过侧面撞击给汽车造成阻力。

●更换备胎的操作

设法停车后，驾驶员要及时将车辆转移到安全的地段，然后更换备胎，并尽快将车开到维修站更换新胎。如果驾驶员自己不会换备胎，可以求助于过路的其他驾驶员，或者打电话给拖车公司或维修站。

驾驶员可以按以下步骤自己更换备胎。

1）驾驶员打开危险警示灯，警示来车注意避让，拉起驻车制动。

2）如果车停在坡路上，驾驶员应在车轮下垫石块或木块以防溜车（上坡垫在后轮后，下坡垫在前轮前）。

3）驾驶员取出警示牌，放在车后。如果汽车在高速公路上，警示牌至少放在车后100m处，一般路面则只需50m即可。

4）驾驶员取出自备工具，包括千斤顶和套筒扳手。取出备胎座内的备用轮胎。

5）为防止拆卸轮胎螺栓时车轮转动，驾驶员先不要用千斤顶将车身顶起，而要在轮胎仍然承重的时候先将车轮螺栓松开几圈，然后再将车身顶

松开车轮螺母

车轮螺母

起。千斤顶的位置要适当，一般小轿车的前轮后、后轮前的纵梁上都有标记，一定要对准使用千斤顶，否则有可能导致车身变形。如果停车处路面较松软，驾驶员可在千斤顶下面垫一块大木板。

6）驾驶员用千斤顶顶起车身，使车轮离开地面2~3cm。用套筒扳手彻底旋松车轮螺栓，并将需要更换的轮胎卸下。卸下的轮胎最好放在车身下面，以防千斤顶倾倒。

7）装上备用轮胎，用手拧上螺丝，用套筒扳手进一步拧紧螺栓后，降下千斤顶，将车身放落于地面，再用套筒扳手将车轮螺栓按照对角顺序拧紧。

8）车轮螺栓要按照对角顺序进行拧紧，这一点非常重要，否则会影响车轮及轮毂等构件的使用寿命。驾驶员将换下的轮胎放入备胎座内，工具放入工具箱。整理好工具，取回警示牌。

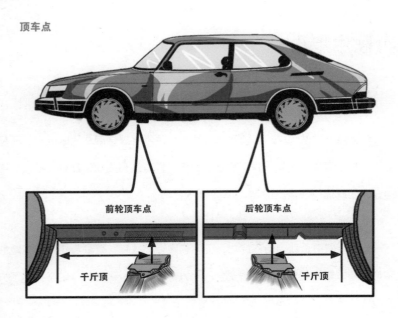

顶车点

前轮顶车点　后轮顶车点　千斤顶

9）如果是夜晚或者是雨雾天，驾驶员最好不要在路边更换轮胎。因为此时视线不好，易发生追撞或剐蹭事故，特别是驾驶员自己身着深色服装时，更容易出事，应该低速将车开到安全地带，然后再更换轮胎。

■爆胎的原因

造成爆胎的原因很多，主要原因多为轮胎老化。当轮胎逐渐磨损、钢丝层逐渐疲劳、胎面老化时，它的安全性必然降低。

其次，气压不足，易使轮胎侧壁过分弯曲而发生折断，进而发生爆裂。气压过高或者汽车超载时，轮胎也容易发生爆裂。在天气炎热的夏天或长时间行驶时，这样的情形比较多见。

另外，碾轧路上的尖锐碎石或其他物品，也往往出现刺破轮胎而引发爆胎的情况。

行驶中熄火

■汽车行驶中熄火的应急措施

●行驶中重新启动

车在路上忽然熄火，驾驶员这时候最好是不要理会后车的喇叭声，而是要稳住自己紧张的情绪，踩下离合器踏板，重新点火启动，然后慢抬离合器踏板，轻踩油门驶离。

●停车检查

如果行驶中重新启动不成功，证明确实存在故障，驾驶员要打开危险警示灯，将车辆慢慢停靠在路边安全的地方进行检查。这时，一定不要忘了打开危险警示灯，并在车后100m处放置警示牌。

■检查电路

●检查蓄电池

检查蓄电池极柱前，一定要关掉点火开关。

晃动极柱，看是否松动。或是看一下有无腐蚀现象而导致接触不良。如果有，松开连接件，用砂纸打磨后重新连接紧固。如果桩头连接松动或拧不紧，可在蓄电池极柱和桩头之间加金属衬片。如果桩头断裂，驾驶员可用铜片、铁片等自制夹头代用。

●检查启动系统

驾驶员按喇叭，打开前大灯。如果前大灯亮，喇叭响，则启动发动机。

发动机能启动，故障已排除。如果发动机不能启动，则要检查启动机。

驾驶员将点火开关拨到启动位置，如果启动机没有任何响声，说明启动机已经损坏，需要向汽车修理厂求救，更换新的启动机。

启动机损坏时，驾驶员可以请人帮忙推车，启动发动机，或是利用其他车辆牵引来启动发动机。

如果点火开关拨到启动位置，启动机有响声，但不能启动发动机，则说明点火电压不足，驾驶员应该检查高压线和点火线圈。

● 检查点火系

检查点火圈和分电器盖上的中央高压线是否脱落。如果脱落，插上高压线，试着启动发动机，能启动则故障排除。如果中央高压线未脱落，从分电器盖上拔出中央高压线，使中央高压线端距离汽缸体6~7mm，转动点火开关到启动位置，用启动机带动发动机旋转，查看高压火花情况。

如果没有高压火花，则向汽车修理厂求救；如果有高压火花，则检查分电器。检查高压火花时应注意安全。

● 检查电路

汽油发动机是靠火花塞点燃汽缸内的混合气工作的，而火花塞点火是靠高电压实现的。因此，一旦电路出现故障，发动机便无法工作。如果怀疑电路有问题，驾驶员首先要检查一下熔断器是否已熔断。

在发动机罩盖内找到熔断器盒，对照熔断器盒盖上的熔断器位置图，用保险盒上的专用熔断器镊子拔下电源熔断器，观察熔断器是否被烧断，如果已被烧断，则更换相同规格的备用熔断器。如果驾驶员手头没有熔断器，可用一根导线应急代替，但一定要尽快更换熔断器。不同的车型，熔断器盒的位置有所不同，最好参阅随车使用说明书。

如换上新熔断器后又被烧断，则应排查短路故障。驾驶员自己不能排除时，可以向汽车修理厂求助。

●检查分电器

用螺丝刀撬开分电器两边的卡夹，拆下分电器盖，检查分电器盖是否有破裂等损坏。拔下分火头，检查分电器的分火头是否有裂纹。

如果分电器的分火头有裂纹，可将烤熔的沥青或塑料滴在刮过的部位，在凝固以前用手压平（厚度为1~2mm）。如果分电器盖有裂纹，驾驶员可以将嚼过的口香糖粘在裂纹处应急使用。

检查分电器没有发现问题，插好所有的高压线，启动发动机。发动机能启动，检查结束。发动机不能启动，检查火花塞和油路。

●检查火花塞

火花塞是电路中最容易出问题的部分。驾驶员可以把火花塞卸下，接上高压点火线，并让火花塞接触缸体。当启动机工作时，可以看到火花塞端部产生白蓝色的火花，表明电路系统工作正常。有时，尽管火花塞接触缸体后出现火花，但如果火花塞积炭较多，发动机仍无法启动。

如果需要进一步检查时，就要拔下火花塞上的高压线，用火花塞套筒拆下火花塞，并且要用布堵住火花塞孔。拔下各缸高压线时应做好记号以免安装时搞混。拆下火花塞后，看火花塞是否有积炭，火花塞是否过热，以及绝缘体是否破损等。如果有上述情况，驾驶员应更换火花塞。

如果火花塞积炭严重，驾驶员可用尖锐物体刮掉积炭，并清理干净。

检查油路

●检查汽油滤清器

主要是检查汽油滤清器是否堵塞，如果堵塞，因为不能供应汽油，发动机当然无法启动。有堵塞现象时就要更换新的汽油滤清器。如果汽油滤清器并没有堵塞，接下来要检查汽油泵。

● 检查汽油泵

驾驶员可以打开点火开关，通过倾听有无油泵运转的声音来判断油泵工作是否正常。正常情况下，打开点火开关，油泵应运转3~5s。

如果没有油泵运转的声音，则在发动机罩盖左侧铰链处找到熔断器和继电器盒。打开盒盖，按照盒盖上的位置和标识找到油泵继电器。

打开点火开关的同时，仔细倾听油泵继电器有无"喀哒"响声。如果没有，就要根据熔断器盒盖上的标识，找到油泵熔断器，查看熔断器是否熔断。

如果油泵熔断器熔断，则用备用熔断器代替。如果还找不到原因，驾驶员应把车辆送到维修站做进一步的专业检修。

挡风玻璃破碎

挡风玻璃的分类及特性

● 夹层玻璃

从任何角度观看，始终透明的是夹层玻璃，这种玻璃由两层玻璃构成，两层玻璃之间夹着一层韧性很强的透明胶膜，造价较高。夹层玻璃破裂后不会对驾驶员造成伤害。

● 钢化玻璃

钢化玻璃由单片玻璃通过淬火处理形成，强度是普通玻璃的3~5倍，成本低，价格便宜。从下向上观察玻璃表面，出现一层层的彩虹状光晕的是钢化玻璃。钢化玻璃破碎后很可能划伤驾驶员的脸部和头部。对此类玻璃，驾驶员可以选择合适的防爆膜贴上，有利于增强玻璃强度，也能防止破裂时碎片对驾驶员的伤害。

■挡风玻璃破碎与处理

如果行驶途中遇到挡风玻璃碎裂，驾驶员绝对不能惊慌，要把握住转向盘，防止汽车偏离行驶路线，然后缓慢减速，靠右边停车。如果是在高速公路上行驶，驾驶员千万不要使用紧急制动。

钢化玻璃破碎后，玻璃碎片会散落在仪表板、座椅上或其周围，驾驶员应小心清理，以防被划伤。

停车后，驾驶员不但要清理所有的碎片，而且对于附着在车身上没有散落下的玻璃，也应将其敲下，以防在以后的行驶中再次掉落而扎伤或划伤驾驶员或同车人。

清理碎片后，驾驶员要记得关闭两侧的车窗行驶。

漏水漏油

■养成自我检查的好习惯

每次上车前，驾驶员要养成看一眼车底盘覆盖的地面上有无漏油、漏水痕迹的习惯，这种习惯对及早发现故障隐患有很大帮助。

驾驶员发现有制动液、机油、防冻液等液体泄漏后，要及时把车辆送到维修站修理。如果暂时没有修理条件，驾驶员可原地待援，或者按照下面的方法自己动手自救。

■水、油渗漏的应急小巧门

●散热器进水软管破裂

1）如果是散热器进水软管的接头处产生裂口漏水，驾驶员可以松开软管和散热器进水口接头的铁箍，剪掉软管损坏的部位，将软管重新插回，并用铁箍紧固。注意，散热器进水口接头的壁很薄，驾驶员插软管时要用力得当，以防损坏接头。

2）如果裂口发生在软管的中段，驾驶员要先将软管擦干净，然后用胶布缠绕在软管漏水处。由于发动机工作时软管内的水压较高，因此驾驶员应

尽量将胶布缠紧。如果驾驶员没有胶布，可以找一小块塑料纸或塑料袋，将旧布或旧衬衣剪成条状的绷带，先将塑料纸缠在裂口上，然后将绷带缠在软管上。条件允许时，立即更换新的软管。

3）.如果软管裂口较大，用胶布或绷带缠扎后仍可能漏水，驾驶员可以将散热器水箱注水口上的盖子打开。这样可以降低循环水的压力，以减少泄漏。

采取以上措施后，要重新加满防冻液，同时，发动机转速不能太高，驾驶员要尽量挂高挡行驶。行驶时驾驶员还要经常观察水温标志，发现水温过高时要停车降温或加入新的防冻液。

●油管接头渗漏

油管接头渗漏是一种常见的油路故障，其原因多数是油管喇叭口与有关螺母座口之间封闭不严所致。出现这种故障时，驾驶员首先要拧紧螺母，观察故障是否排除。如不能排除，驾驶员可用棉纱或密封带按螺母拧紧的方向缠绕在喇叭口的背面。如果用棉纱，可在上面涂些黄油或肥皂，然后将油管螺母与油管接头拧紧。

● 水泵水封漏水

行驶途中驾驶员发现水泵水封漏水，如果漏水不严重，且胶木水封磨损不多时，可将胶木水封翻过来使用，或将磨损面磨平整后重新使用。修复后还要加满防冻液，启动发动机运转5min后，检查水泵水封无漏水现象即可。

陷车和车轮腾空

■陷车时的处理方法

●增加驱动轮的负重

出现了陷车情况，驾驶员可以通过移动车载物品或乘员到驱动轮上方的办法，加大驱动轮的负重，提高其附着力。

●往坑中填埋可以增加摩擦力的杂物

如果车轮陷入泥坑，驾驶员可在泥坑里填石块、碎木块、砖瓦块等，以增加车轮与地面的摩擦力，使汽车开出泥坑。找不到以上东西时，如果手头有废旧杂志、废书、秸秆、树枝等物品的话，也可以往泥坑里塞。

●控制车轮转速

陷车时，驾驶员要挂低挡，控制车轮转速不能太高，缓慢踩下油门踏板，即使汽车向前挪动，踩踏力也应适度控制，否则，车轮转速过高，车轮与路面之间的附着效果变差，附着力不足导致溜滑，反而无法将车开出。

●改变陷坑边缘的倾斜度

如果可以借来铁锹、铁镐之类的工具，驾驶员可以将车轮前后的泥土铲去，将泥坑修成缓斜坡状。如果坑里有水，驾驶员应设法将水除去，这样，汽车就很容易开出来了。

●借助其他车辆牵引

如果有来往车辆通过，驾驶员可以请求其帮助，用缆绳将车拽出泥坑。牵引时，牵引缆绳挂在两车的牵引钩上，两车都要缓慢地驱动。牵引方向不一定非要向前，应视泥坑的情况而定，要朝有利于驶出泥坑的方向牵引。

● 利用千斤顶

车轮落入坑中，车身擦地后，驾驶员可以用修车时使用的千斤顶将车身举起，然后请人帮助从侧面用力将车推回路上。千斤顶应支在车轮内侧车桥部位，如果是独立悬架，应找悬架横臂上的平面部位举升。一般使用两个千斤顶顶在车桥两端。当车轮从沟沿升起后，几个人用力一齐向路中推车，此时千斤顶立即倒地，汽车恢复正常位置。假如同一侧的前后车轮都陷入坑中，可以采用以上方法先把前轮或后轮恢复到路上来，然后再处置另一个车轮。

● 降低轮胎气压

给轮胎放气后，使车轮内的气压降低，这样就增大了轮胎与路面的接触面积，使驱动力增大。启动车辆后，变速器应挂在二挡，离合器接合要缓慢、柔和，如果旁边还有其他人，一同从车后帮助推车效果更好。

■车轮腾空后的应对

● 谨慎地离开汽车

当车轮驶出路肩或悬空停住时，驾驶员要选择既安全又不使汽车失去平衡的一侧离开汽车，比如左侧车轮悬空，就从右侧谨慎下车。

● 采取措施自救

1）如果汽车有坠崖的危险，驾驶员就要用绳索将车和路边的树木或其他坚实的自然物连接在一起。

2）如呆路肩处坡度较缓，驾驶员可以削挖路肩，使悬空的车轮落地，然后驶出险区。

3）如悬空车轮下方的地面很陡，驾驶员可以请人帮助，用一根木杠或跳板，以路缘为支点，一头伸在悬空轮下，另一头用力压下。同时驾驶员缓缓启动车辆，使悬空车轮驶出危险区。

学会应对交通事故

■提高对事故的预料和警惕能力

交通现象的突变性是普遍的规律，而大多数交通事故往往发生在突变时刻。因此，驾驶员正确地掌握突变的先兆是预防交通事故的根本对策。

●必须对交通突变点保持充分的缓冲空间和缓冲时间

在分道行驶道路上，驾驶员比较注意和对面车辆、行人及自行车保持一定的缓冲空间，但不太注意与同车道、同向行驶的车辆保持足够的缓冲空间。当同向行驶的车辆突然制动或转向时，很容易发生碰撞。所以，无论是对向行驶还是同向行驶，驾驶员都要保持足够的缓冲时间。

●必须自觉遵守交通法规

从根本上讲，法规是为防止道路上交通参与者或交通物体之间相互冲突而制定的，是驾驶员应付路况突变的准绳。因此，所有交通参与者都要遵守交通法规。

●要经常锻炼自己反应能力

一是驾驶员必须经常总结各种交通突变情况和分辨交通标志；二是驾驶员要熟练地掌握和运用应付各种突变的方法和措施。这是驾驶员应当具备的一种反应能力。

●要善于注意到对应付突变有用的交通信息

驾车上路行驶，驾驶员会不断地接收到各种各样的交通信息。如对方车辆大小、车辆形状和装载情况等、信息对驾驶员应付突变作用不大，而对方车辆的方向灯和制动灯等信息对驾驶员应付突变是很有用的，因此，驾驶员要时刻注意这些有用信息。

■发生事故后的正确处理

●立即停车

发生交通事故后，驾驶员必须立即停车。停车后按规定拉紧驻车制动，切断电源，开启危险信号灯，如夜间发生事故还须开启示宽灯、尾灯。在高速公路发生事故时，驾驶员还须在车后按规定设置危险警告标志。

●及时报案

当事人在事故发生后应及时拨打122报案，将事故发生的时间、地点、肇事车辆及伤亡情况告知交警，在交警来到之前不能离开事故现场。

●抢救伤者

如果事故中有人受伤，当事人应设法尽快将伤者送医院抢救治疗。

●保护现场

在交警到来之前，当事人应当保护好现场，除非因抢救伤者和财产需要，不得擅自移动现场肇事车辆、伤者及物品等，必须移动时应当标明位置。

●防止事故扩大

当事人要仔细观察事故车辆及现场的各个细节，排除火灾、泄漏等隐患，做好防火、防爆措施，防止事故扩大。

●协助现场调查取证

在交警勘察现场和调查取证时，当事人必须如实向交警陈述交通事故发生的经过，不得隐瞒交通事故的真实情况。

一般情况下，交警将从以下四个方面进行了解：

1）交通事故发生的时间和地点；

2）死伤人数及受伤者的伤势；

3）损坏的物品及其损坏程度；

4）对事故已采取的措施。

无保险车不上路！无保险车不驾驶！

●向保险公司报案

一旦出现事故，当事人应当尽快向保险公司报案，并依据保险公司的规定办理各项手续。

QING QING SONG SONG JIA CHE

驾驶员考试秘笈

9

第九章　驾驶员考试秘笈

理论考试

■ 与"扣分"有关的要点总结

● 一次记12分的交通违法行为

1）醉酒后驾驶机动车的；

2）机动车驾驶证被暂扣期间驾驶机动车的；

3）造成交通事故后逃逸，尚不构成犯罪的；

4）驾驶与准驾车型不符的机动车的。

● 一次记6分的交通违法行为

1）饮酒后驾驶机动车的；

2）公路营运客车载人超过核定人数20%以上或违反规定载货的；

3）货车载物超过核定载质量30%以上或违反规定载客的；

4）机动车行驶超过规定时速50%的；

5）在高速公路上不按规定停车的；

6）在高速公路上倒车、逆行、穿越中央分隔带掉头的；

7）在高速公路上试车和学习驾驶机动车的。

● 一次记3分的交通违法行为

1）违反道路交通信号灯的；

2）在高速公路上驾车低于规定最低车速的；

3）在高速公路上违反规定拖拽故障车、肇事车的；

4）在高速公路上货运机动车车厢、二轮摩托车载人的；

5）在高速公路上骑、轧车行道分界线行驶的；

6）低能见度气象条件下在高速公路上不按规定行驶的；

7）驾驶禁止驶入高速公路的机动车驶入高速公路的；

8）不按规定超车的；

9）不按规定让行的；

10）机动车违反规定牵引挂车的；

11）在道路上车辆发生故障、事故停车后，不按规定使用灯光和设置警告标志的；

12）机动车行驶超过规定时速50%以下的；

13）驾驶机动车下陡坡时熄火或空挡滑行的；

14）上路行驶的机动车未悬挂机动车号牌的；

15）故意遮挡、污损、不按规定安装机动车号牌的；

16）逆向行驶的。

●一次记 2 分的交通违法行为

1）连续驾驶机动车超过4小时没有停车休息或停车休息时间少于20min的；

2）在高速公路匝道、加速车道或者减速车道上超车的；

3）违反禁令标志、警告标志、禁止标线、警告标线指示的；

4）客车载人超过核定人数没有达20%的；

5）货车载物超过核定载质量没有达30%的；

6）行经交叉路口不按规定行车或停车的；

7）有拨打、接听手持电话，观看电视等妨碍安全驾驶的行为的；

8）在同车道行驶中，不按规定与前车保持必要的安全距离的；

9）行经人行横道，不按规定减速、停车、避让行人的；

10）在没有划分中心线和机动车道与非机动车道的道路上不按规定行驶的；

11）在实习期内驾驶公共汽车、营运客车或执行任务的警车、消防车、救护车、工程救险车及载有爆炸物品、易燃易爆化学物品、剧毒或者放射性等危险物品的机动车，驾驶的机动车牵引挂车的；

12）不按规定牵引故障机动车的；

13）驾驶和乘坐二轮摩托车不戴安全头盔的。

●一次记1分的交通违法行为

1）不按规定使用灯光的；

2）机动车行驶时机动车驾驶人、乘坐人员没有按规定系安全带的；

3）不按规定会车的；

4）不按规定倒车的；

5）摩托车后座乘坐没有满12周岁未成年人，轻便摩托车载人的；

6）驾驶机动车没有关好车门、车厢的；

7）其他违反机动车载物规定的；

8）上路行驶的机动车未放置保险标志，未随车携带行驶证、机动车驾驶证的。

- "扣分"速记口诀

1分

　　不带证照乱用灯，门厢未关先启程；

　　会车倒车安全带，载人载物违规行。

2分

　　匝道超车超疲劳，接打手机无线道；

　　违规牵引故障车，客二货三还不到；

　　实习期内四类车，交叉路口人行道；

　　违反标志和标线，安全距离安全帽。

3分

　　违反交通信号灯，超车让行故障停；

　　五成以下超时速，牵引挂车违规定；

　　熄火空挡下陡坡，无牌遮挡逆向行；

　　禁入高速偏驶入，骑线轧线低速行；

　　违规拖车厢载人，低能见度违规行。

6分

　　饮酒时速超五成，客超二零货三零；

　　高速试学违规停，越带掉头到逆行。

12分

　　醉酒驾车爱逞能，暂扣证照还驾行；

　　事故逃逸未获罪，车型不符证照登。

■与"罚款"有关的重点总结

● 200元以上、500元以下罚款

公路客运车辆载客超过额定乘员，但没超过额定乘员20%的。

● 500元以上、2 000元以下罚款

公路客运车辆载客超过额定乘员，但超过额定乘员20%的。

● 20元以上、200元以下罚款

对违反道路交通安全法律法规关于机动车停放、临时停车规定的，机动车驾驶员不在现场或者虽在现场但拒绝立即驶离，妨碍其他车辆行人的。

● 200元以上、500元以下罚款

货运机动车超核定载质量30%以下的。

● 500元以上、2 000元以下罚款

货运机动车超核定载质量30%以上或违反规定的。

● 逾期不缴的罚则

当事人逾期缴纳罚款的，每日按罚款数额的3%加处罚款。

● 50元以下（含）罚款

非机动车驾驶员、行人和乘车人违反道路交通安全法律、法规关于道路通行规定的。

● 200元以上、2 000元以下罚款

1）将机动车交由未取得机动车驾驶证或者机动车驾驶证被吊销暂扣的人驾驶的；

2）伪造、变造或者使用伪造、变造的机动车登记证书、号牌、行驶证、检验合格标志、保险标志的。

■与"时间"有关的要点总结

●3日

机动车驾驶人遗失驾驶证后,向机动车驾驶证核发地车辆管理所申请补发,符合规定的,车辆管理所应当在3日内补发机动车驾驶证。

●10日

当事人对交通事故损害赔偿有争议,各方当事人一致请求公安机关交通管理部门调解的,应当在收到交通事故认定书之日起10日内提出书面调解申请。

●15日

1)需要对机动车来历证明进行调查核实的,暂扣时间不得超过15日;

2)机动车驾驶员在一个记分周期内累计记分达到12分,应当在15日内到机动车驾驶证核发地或者违法行为的公安机关交通管理部门接受教育;

3)对当事人处以罚款的,应当告知当事人自收到处罚决定之日起15日内到指定的代收机构缴纳。

●90日

机动车驾驶人应当于机动车驾驶证有效期满前90日内,向机动车驾驶证核发地车辆管理所申请换证。

■与"年龄"有关的要点总结

●18周岁以上、70周岁以下

申请小型汽车、小型自动挡汽车准驾车型机动车驾驶证的人,年龄应在18周岁以上、70周岁以下。

●21周岁以上、50周岁以下

申请城市公交车、中型客车、大型汽车、无轨电车或者有轨车准驾车型机动车驾驶证的人，年龄应当在21周岁以上、50周岁以下。

● 24周岁以上、50周岁以下

申请牵引车准驾车型机动车驾驶证的人，年龄应当在24周岁以上、50周岁以下。

● 26周岁以上、50周岁以下

申请大型客车准驾车型机动车驾驶证的人，年龄应当在26周岁以上、50周岁以下。

场地桩考

桩考注意事项

● 避免分心

学员考试时应事先关闭手机(避免手机信号干扰车载监测设备或来电话干扰考试)。

● 牢记挡位

前进时挂1挡，后退时挂倒挡，千万不能挂错。

● 语音提示后再操作

语音提示"考试开始"后学员才能操作，否则无效。考试全套动作完成后停车，挂空挡，学员要坐在车内等待语音提示"考试通过"才能开门下车。

正手入乙库动作要领

如下图所示，向后直行倒车，学员从后窗向后看，当前中杆、车厢右部中间圆点、后窗左边缘三点成一线时，将转向盘向右打到底。

继续后退，并注意控制车箱右拐角距前中杆右侧保持20cm左右距离（俗称20cm抱中杆）。

车尾入库后，学员要观察后窗正中位置，看车箱尾部中点对准后右杆时，快速向左回两把转向盘，将车身对直车库。

然后继续观察后窗正中位置，左手控制方向，使车箱尾部中点位于后中杆、后右杆两杆中间，保持对称，参照各杆位置停车。

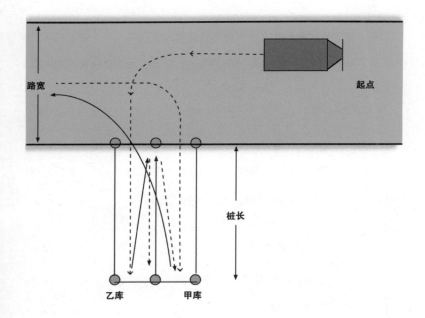

■ 从乙库移到甲库动作要领

参看上图，领会动作要领。

一进：学员向右打死转向盘，挂1挡前进，看发动机盖左拐角对准前中杆时，立即将转向盘向左打到底，车头调正后，再向右回转向盘，参照各杆位置制动。

一退：学员将转向盘向右打到底，挂倒挡后退，看发动机盖左拐角对准前左杆时，立即将转向盘向左打到底，然后回头，看车后部中点对准后中杆，边看边回正转向盘，参照各杆位置制动。

二进：学员将转向盘向右打到底，挂1挡前进，看发动机盖左拐角对准前右杆时，立即将转向盘向左打到底，车头调正时，再向右回转向盘，参照各杆位置制动。

二退：学员将转向盘向右打到底，挂倒挡后退，回头看车箱左拐角对准后中杆时，转过脸来看前方，将转向盘向左打到底，看发动机盖左拐角对准前右杆时，回一把转向盘，然后制动。

■反手入甲库动作要领

如上页图所示，向后直行倒车，学员从后窗中部向后看，当车厢左部中间圆点过前中杆左侧10cm左右时，将转向盘向左打死；

继续后退，并注意控制车箱左拐角距前中杆左侧保持20cm左右距离（俗称20cm抱中杆）；

车尾入库后，学员要观察后窗正中位置，看车箱尾部中点对准后左杆时，快速向右回两把转向盘，将车身对直车库。

学员观察后窗正中位置，左手扶转向盘，控制车箱尾部中点位于后左杆、后中杆两杆中间，保持对称；

当车身全部入库1.5m左右时，即可停车，反手入库完毕。

■考试中易出现的问题

●心情紧张

学员可以在临考前一天去考场实地观摩，考试上车后深呼吸两次放松心情。中途车挂空挡时也可以深呼吸调节心情。

●挂错挡位

学员在每次松离合器踏板之前，不要急于换挡，想一想该用什么挡，仔细检查一下。

●入错库门

在正手入库、反手入库之前，学员要先回头看清库门再倒车。

●正手入库不到位，造成移库距离短，导致移库失败

学员在平时练习时一定要练好各杆位置停车的技巧。

场地道路考试

■圆饼路

考试要求：在7m宽的路面上设置6块圆饼，要求车骑于圆饼之上通过，车轮轨迹不得擦碰圆饼，并且不得超、压两侧路边缘线，如下图所示。

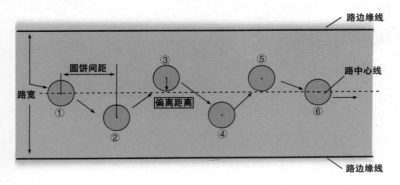

破解方法：开始进入圆饼路时，学员可以让车头左边1/4处对准1、2号圆饼左边的斜切线进入；行进至车挡风玻璃左下角对准3号圆饼中心时，学员要向左打转向盘到底后再向右打转向盘两圈，然后回正转向盘；当挡风玻璃右下角对准4号圆饼中心时，先向右打转向盘到底后，再向左打转向盘两圈，然后回正转向盘；当左后视镜对准5号圆饼中心时，先向左打转向盘到底后，再向右打转向盘两圈，然后回正转向盘；当前挡风玻璃右下角对准6号圆饼中心时，先向右打转向盘到底后，再向左回转向盘两圈，然后回正转向盘。

■单边桥

考试要求：在行驶中分别用左右轮压过桥体，平稳通过。有一轮未上桥或者已骑上桥面中途有一轮掉下的都要扣分，如下图所示。

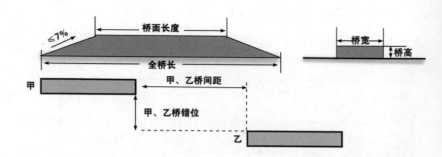

破解方法：学员可以让车前端左边的拐角对准1桥，左边车轮上桥后，看远方参照物判断车身是否正，如果不正要修正方向；当后车轮下桥时，向右打半圈转向盘，目测2桥左侧对准学员正前方时，向左打一圈转向盘，看远方参照物判断车身已经调正时，向右打半圈转向盘，然后再回正。

■直角转弯

考试要求：用低速按规定线路行驶，一次不停车完成向左或向右直角转弯通过，如下图所示。

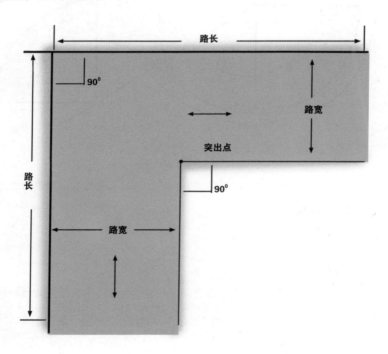

破解方法：学员驾驶车辆，使车身右侧靠近外直角边线前进，左、右前

车门三角窗中间对准内、外直角线时，把转向盘向左或向右打到底，车身调正时回正转向盘。

■曲线行驶

考试要求：小型车辆在3.5m宽的S形路面上行驶，要求不得轧上路的边缘线，方向运用自如，如下图所示。

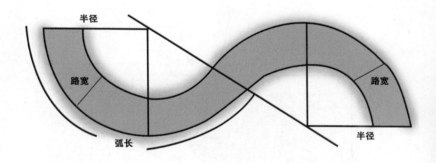

破解方法：当学员目测所驾车辆进入第1弯时，将车右前轮紧贴左边线行驶，进入第2弯时，将左前轮紧贴右边线行驶。

■侧方停车

考试要求：考C照、Z照的必考项目，要求车辆在不碰、擦库位桩杆，车轮不压碰车道边线、库位边线的情况下，通过一进一退，将整车移入右侧库位中，如下页图所示。

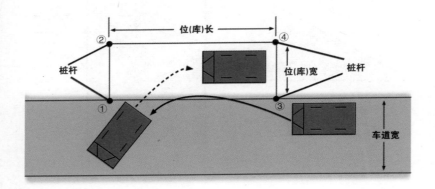

破解方法：学员驾车，右侧靠3、1号杆30cm前行，通过车后窗看见1号杆时停车，倒车时打左转向灯；当通过车后窗看不见1号杆时，向右打一圈半转向盘；通过左后视镜看见4号杆时，向左打一圈半转向盘；通过右后视镜看见4号杆时，再向左打一圈半转向盘；当右后视镜与1号杆重叠时，把转向盘向左打到底，车身调正时回正转向盘，然后停车；打右转向灯，同时注意观察路后面的情况，把转向盘向右打到底，用半联动不出路边线前行。

■上坡停车、起步

考试要求：要求在坡度≥10°，坡长≥30m的坡道上的固定位置停车、起步，考察转向盘、制动、离合器三者的协调配合，如下页上图所示。

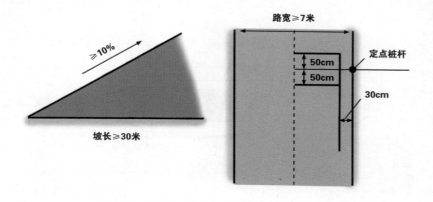

破解方法：学员驾车挂入1挡，打左转向灯，按喇叭注意车后道路情况，抬离合器踏板至半联动状态，加油门至发动机转速2 000r/min时，松驻车制动，慢抬离合器踏板加油前进。

■百米增减挡

考试要求：在百米内完成从最低挡逐级到最高挡的加速，以及再从最高挡逐级到2挡的减速，如下图所示。

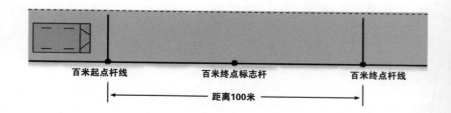

破解方法：学员的油门、离合器、挡位动作要快速准确，到达5挡时立即拉出减到4挡，减到3挡时边制动，边减到2挡，停车。

■限速通过限宽门

考试要求：在7m宽的道路上共设三道限宽门，间距为3倍车长，1门、3门为同一水平位，2门交错一个车宽位置。要求车辆以不低于20km/h的速度从三门之间穿过，不得擦碰门悬杆，如下图所示。

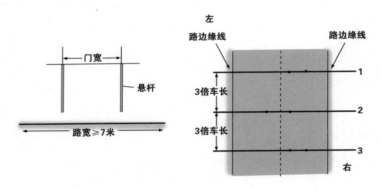

破解方法：学员驾车从左到右穿越限宽门，车辆驾驶室门刚过限宽门标杆时，迅速向右打一把转向盘，待车前端左角对准下一限宽门左杆时，回正转向盘，穿过限宽门；从右到左穿越限宽门，车辆驾驶室门刚过限宽门标杆时，迅速向左打一把转向盘，当车右前端对准限宽门右标杆时，向左回正转向盘，穿过限宽门。

■起伏路驾驶

考试要求：要求车辆平稳安全通过障碍，不使乘坐人员离座。

破解方法：学员驾车在临近起伏路20m左右减速，并换1挡，配合半联动平稳通过。

实际道路考试

■主要的考点

在实际道路考试中，主要考核学员驾驶机动车进行起步前的准备、起步、通过路口、通过信号灯、按照道路标志标线驾驶、变换车道、会车、超车、定点停车等正确驾驶机动车的能力，观察判断道路和行驶环境以及综合控制机动车的能力，在夜间和低能见度情况下使用各种灯光的知识，遵守交通法规的意识和安全驾驶的情况等。

■考试中的必要提示

车辆起步前首先要检查调整车辆，观察车辆前后左右路况，在确保安全的情况下平稳起步。起步前，要检查车灯、喇叭、雨刷器、轮胎、离合器踏板、油门踏板、制动踏板等零部件是否正常，调整好座位和后视镜，观察本车前后左右的车辆、行人及其他事物的情况。在确保安全的情况下，打开左转向灯，鸣喇叭，平稳起步，如下图所示。

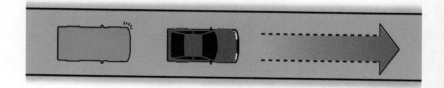

起步前的准备工作是考试顺利进行的保证，学员一定要认真做好。当车

辆正常行驶时即可关闭左转向灯，如上图所示。考试中学员要根据道路行驶时的实际状况，既服从考官有关加减挡的指令，又要正确掌握好加减挡的时机，尽量避免高速低挡或低速高挡行车，使车辆行驶平稳有力。

■ 容易出现的问题

● 上车前准备

学员没有绕车一周检查车辆外观及安全状况，不合格；打开车门前不观察后方交通情况，不合格。

● 起步

如果学员在车门未关闭时就驾车起步，不合格；起步前，学员未观察后视镜并未向左方侧回头，观察左、后方交通情况，不合格。

● 通过人行横道线、学校区域和公共汽车站

如果学员不观察左右交通情况，不合格；不按规定减速慢行，不合格；遇行人通过人行横道不停车让行，不合格。

● 通过路口

如果学员通过路口前未减速慢行，不合格；直行通过路口不观察左右方情况，不合格；转弯通过路口时，没有观察侧前方交通情况或未通过内外后视镜观察侧后方交通情况，不合格；遇有路口交通堵塞时进入路口，将车辆停在路口内等候，不合格；不按规定避让行人和优先通行的车辆，不合格；左转通过路口时，未靠路口中心点左侧转弯，不合格。

● 掉头

如果学员不能正确观察交通情况选择掉头时机，不合格；掉头地点选择不当，不合格；掉头时，妨碍正常行驶的其他车辆和行人通行，不合格。

附录

附录一　随车必备工具

作为驾驶员，行车不仅要舒适，更要注意安全。汽车出厂时，厂家都会提供一些随车用品。同时在汽车使用中，驾驶员也会经常用到一些东西。那么车上应该放上哪些用品，又如何使用呢，对于新驾驶员来说，都是非常有必要了解的。

1. 后备轮胎

后备轮胎往往被遗忘在行李厢下而缺少保养，所以建议驾驶员必须每3个月定期检查一下后备轮胎，必要时还要给它充气。

2. 千斤顶

千斤顶是换胎不可缺少的工具，几乎所有的厂家都会随车附送一套千斤顶。买二手车时，驾驶员一定要检查千斤顶是否完好，因为原厂附送的千斤顶轻巧易用。

3. 随车工具包

每部车都附有工具包，里面通常放置了一些基本的工具，包括扳手、螺丝刀、轮圈匙等，驾驶员应定期整理及检查一下，最好在每次使用完后进行清洁，以延长工具的使用寿命。

4. 电筒

一支强力电筒，在晚间遇上故障的情况下，除可以作检查车辆照明外，更可用来发出求救信号或是示意其他车辆，确保安全。

5. 急救箱

这是大部分驾驶员没有配备的随车应急设备。急救箱中应备有绷带、纱布、消毒药水及其他救急药物，以备发生意外时作急救之用。同时，急救箱也应当每半年检查清理一次。

6. 绝缘手套

主要可在紧急维修和清洁车身时保持驾驶员的双手清洁，或当要打开发动机盖或水箱盖时，作隔热之用。最好采用绝缘手套，在处理电器问题时，可避免触电。

7. 蒸馏水

车上应常备大约2 000mL的蒸馏水，以备给蓄电池补充液体时使用。但要注意，普通清水或矿泉水绝不能当作蓄电池液使用。

8. 小型灭火筒

汽车在发生意外时，有时会引发火灾，有一支轻便的灭火筒可以随时救人一命。

9. 车胎防漏剂

可以在车胎被尖锐物体刺破后发挥防漏功能，免去即时换胎的烦恼。只要将防漏剂注入车胎中，它便会在车胎内壁形成一层保护膜，爆胎后也可以维持一段行车时间，足够行驶到附近的维修中心修补车胎。

10. 原厂汽车使用手册

由于每款车都有不同的设计，即使熟练的修车技工也要参考手册才能弄清楚该车的结构。随车携带原厂的汽车使用手册，驾驶员可以清楚地了解汽车的各项状况，当汽车出现问题时，可以立即从手册中找出原因。买二手车时，驾驶员也不要忘记向前任驾驶员索取这本重要的手册。

附录二 自驾车出游的注意事项

1. 车辆检查

出游前，驾驶员要对车辆进行一次全面彻底的检查和维护，对于可能发生故障的部位提前保养或更换，避免汽车在出游的途中抛锚。如果准备长途出游，驾驶员最好请专业人员对爱车进行一次彻底检查，尤其要注意的是轮胎、转向盘、灯光、油、水、电等方面。

2. 加足燃油

加足燃油是出游前必须准备好的工作，驾驶员可以根据路途情况进行燃油准备。如果沿途加油站比较多，一次加够所需的燃油即可。如果远离城镇，沿途加油站稀少，驾驶员最好用其他金属容器，随车携带一些燃油，以备应急时使用。

3. 确定行车路线和休息站点

驾驶员要选择合适的行车路线和休息站点。要对出游所需的时间、路途费用有一个大概的估算，不但能减少不必要的花费，还能最大限度地节省时间和燃油。

4. 合理安排行车距离

驾驶员要合理安排行车距离，防止出现疲劳驾车，让自己保持充沛的体力。建议日行车里程为：高速公路在300~400km左右，普通公路在200~300km左右。

5. 途中检查

为了保证一路畅行，在每次途中休息时，驾驶员应该环绕汽车检查一圈，排除轮胎、制动、转向等方面的小问题。

6. 结伴出行

驾车出游最好是能和朋友结伴同行，彼此可以互相照应，这不仅加强了安全保障，还能互相学习驾车的高招儿和旅游的知识。

7. 路线地图

驾车出游前，驾驶员一定要准备好地图。虽然迷路的时候可以问路，可并不是所有的路段都能遇到指路人。尤其是在陌生的地方，问路和看地图相结合，往往能收到事半功倍的效果。

8. 证件

有关车辆的合法证明是顺利出行的保障，驾驶员的驾驶证、车辆的行驶证、本年度的养路费收据和本年度的保险单一定要随车携带。即便是去郊区，也别忘带养路费收据，以免检查时遇到麻烦。

9. 现金零钱

驾驶员要多准备些10元、5元和2元、1元的现金，交过路费、停车费等都会更便捷，有时还能避免对方没零钱可找而带来的损失。

10. 随车工具

随车工具对驾车出游的人来说是重中之重，因为行车中出现的一些小故障大多只能靠自己动手修理。所以出门前驾驶员一定要检查好随车工具，特别是千斤顶、换胎扳手、拖车带等。另外，驾驶员要注意查看备胎是否完好，胎压是否充足。

11. 应急装置

驾车出游可能会遇到一些意想不到的情况，驾驶员要带上急救药箱、警示牌、应急灯、指南针等应急装置和用品。如果有汽车救援卡的话，驾驶员也要随身携带。

12. 通讯装置

驾车出游，手机是必备的通讯装置。所有的电池一定要充足电，预存话费的用户还要检查一下卡里的话费余额，不足的话要及时续存。如果是两辆以上的车同行，每车配备一台对讲机就更方便了。

13. 野营装备

驾车出游时，驾驶员如果能准备一些野营装备，肯定会增添不少出游的乐趣。比如可以在野餐时铺坐的餐垫、保温水瓶、折叠桌椅、烧烤炉、大遮阳伞等。如果有适合露营的地点，驾驶员还可以带上睡袋。有条件的话，再带一个小巧实用的车载冷热箱就更完美了。